VIAJANDO COM ROCKSTARS – 3.1

UMA MISSÃO
por você

ALINE SANT' ANA

1ª Impressão 2019

Produção Editorial: Editora Charme
Capa e Produção Gráfica: Verônica Góes
Revisão: Sophia Paz
Fotos: Depositphotos

FICHA CATALOGRÁFICA ELABORADA POR
Bibliotecária: Priscila Gomes Cruz CRB-8/8207

S231m

Sant' Ana, Aline

Uma missão por você / Aline Sant'Ana;
Capa: Veronica Góes; Revisor: Sophia Paz. –
Campinas, SP: Editora Charme, 2019.
220 p. il.

ISBN: 978-85-68056-95-0

1. Romance Brasileiro | 2. Ficção Brasileira -
I. Sant' Ana, Aline. II. Goes, Veronica. III. Paz, Sophia. IV. Título.

CDD B869.35
CDU B869. 8 (81)-30

Editora
Charme

www.editoracharme.com.br

VIAJANDO COM ROCKSTARS – 3.1

UMA MISSÃO
por você

ALINE SANT' ANA

AVISO

Este romance pode ser lido como um livro único,
porém esteja ciente de que contém muitos spoilers da série
Viajando com Rockstars, incluindo o livro Apenas Com Você.

Livros já lançados até o momento:

CORAÇÃO EM CHAMAS
7 DIAS COM VOCÊ
7 DIAS PARA SEMPRE
11 NOITES COM VOCÊ
UMA NOITE SEM VOCÊ
APENAS COM VOCÊ

"Mais cedo ou mais tarde, todos são levados a amar alguém que nunca poderão ter."

— KATY REGNERY

*Dedicado a todos aqueles que já enfrentaram
uma missão desafiadora chamada amor.*

PRÓLOGO

You can't expect a bit of hopes
So while you're outside looking in
Describing what you see
Remember what you're staring at is me

— *Stone Sour, "Through Glass".*

Miami, Estados Unidos

MARK

No momento em que vi Shane cair da cadeira, eu soube que havia falhado. Como homem, por não ter entrado e dito que lhe faria companhia. Como segurança, por não ter percebido que a situação era de grave risco e que a mulher que o acompanhava era ardilosa, e, como ser humano, por ter acreditado só no que meus olhos podiam ver. Já houve missões em que falhei, poucas, mas essa... foi a mais dolorosa de todas.

Porque não falhei como major, falhei como Mark Vance Murdock.

Geralmente, não era difícil afastar as emoções. Perdi homens em missões, e eu tinha certa apreciação por eles. Se, de vinte homens, três sobrevivessem, esse era um dos dias bons. Concentrava-me nos que ainda estavam vivos e respirando, e isso era o que me movia. Estávamos mudando o mundo, fazendo a diferença, até eu começar a me perguntar se matar sem questionar era o mesmo que ser um herói.

Eles me tiraram de circulação, porque eu não limitei as perguntas a mim.

Licença por tempo indeterminado, eles disseram.

E eu não podia ficar parado.

Então, virei segurança particular.

Eu gostava. Era um trabalho em que não precisava erguer a arma, que não precisava contar as mortes e fazer um relatório depois. Não era tenso, muito menos tão perigoso como realizar operações secretas para o governo. Eu receberia uma bala na cabeça por quem quer que eu estivesse defendendo, mas era isso.

Não precisava ver mais ninguém morrer.

Senti que perdi o tino, porque era quase confortável demais ser um civil. Era surreal poder acordar cedo e fazer o guitarrista de uma banda de rock cumprir horários, acompanhar o vocalista a um jantar com a namorada, assegurar a privacidade do baterista porque ele ia ao mercado e... era confortável, fácil.

Aline Sant'Ana

Desmereci os anos de treinamento, a intuição que sempre gritava nos meus ouvidos, no único dia em que a banda The M's mais precisou que eu fosse quem eles me contrataram para ser.

Eram pessoas boas demais para falarem isso na minha cara e duvido que sentissem que eu falhei, mas eu sabia. Não era um civil, como tanto quis ser.

Fiz merda.

— Eu vou atrás da Suzanne — comuniquei. Não estava pedindo permissão.

Encarei Yan, que estava tentando se recompor no meio de tanta culpa. Todos estavam destruídos, mas eu sabia que ele seria o único capaz de entender um pouco os meus motivos.

— Mas são suas férias, Mark.

— Eu preciso fazer isso, senhor Sanders.

— Você precisa descansar.

— Descansarei quando ela tiver o que merece. Com todo respeito, senhor Sanders.

Ele mexeu no cabelo, desconfortável.

— Você pode me chamar de Yan. Já te falei isso.

— Ligarei assim que tiver mais informações — desconversei.

— Suzanne é perigosa. Eu não sei do que ela é capaz e...

— Tenho treinamento militar. Sei lidar com todos os tipos de loucos que o senhor puder imaginar.

— Não acho que seja prudente estar um passo à frente da polícia, Mark.

Abri um sorriso discreto.

— Se eu disser que tenho os meus contatos, isso te tranquilizaria?

Yan abriu os olhos, choque passando por sua expressão. Ele piscou uma porção de vezes.

— Quem é você, Mark?

Não fui seu segurança quando respirei fundo e observei seus olhos acinzentados.

— Alguém que eu daria tudo para esquecer. E não vou, em hipótese alguma, permitir que esta seja a minha décima sétima vez.

Yan franziu as sobrancelhas.

— Décima sétima o quê?

— Desculpe, senhor Sanders. Preciso dar um telefonema.

Uma missão por você

O baterista ficou alguns segundos me analisando, antes de me deixar ir.

— Tudo bem, Mark.

Virei as costas e puxei o celular do bolso.

Quando o homem atendeu do outro lado, fui direto ao assunto.

— Está na hora de te cobrar aquele favor, Stone.

Aline Sant'Ana

Uma missão por você

CAPÍTULO 1

And I'm gonna pay for this
They're gonna burn me at the stake
But I got a fire in my veins
I wasn't made to fall in line

— *Christina Aguilera feat Demi Lovato, "Fall In Line".*

Jacarta, Indonésia

CAHYA

— O que você está me dizendo? — gritei ao telefone.

— Estou dizendo que você precisa ajudá-lo, agente York.

— Não. Você está dizendo que devo comprometer a minha operação para cuidar de um caso particular de um segurança de uma banda de rock! Isso é alguma uma piada?

— Posso designar outra pessoa para sua missão para ajudá-la, caso não dê conta. Não será um problema. E te mandei um e-mail com todas as informações que você precisa.

— Chefe, com todo respeito, estou nesse caso há dois anos. Ralei muito para encontrar aquele falsificador. Eu sangrei, suei e...

— O segurança que você tanto está esnobando salvou a vida da minha esposa, Cahya — Stone me interrompeu, com a voz mais branda. Percebi que era sério quando me chamou pelo nome, pela primeira vez. — Anos atrás, ele não era somente um segurança e foi emprestado por outro setor para mim, e eu pedi um favor, que levou a outro favor e... não importa. Ele tem uma cicatriz no lábio por minha causa. Eu pedi algo a ele, e o homem largou tudo para me ajudar. Estou dizendo que preciso retribuir essa dívida, e eu quero a minha melhor agente ao lado dele. Não pediria se não fosse sério, não pediria se não devesse a ele a vida da mulher que eu amo.

Meu coração não amoleceria tão fácil.

Então, continuei lutando, porque encontrar aquele falsificador do Picasso foi um trabalho desgraçado. E eu estava tão perto de pegá-lo...

— Você quer que eu ajude esse homem a encontrar uma mulher louca que tentou matar a namorada do baterista da banda e quase matou o baixista de uma overdose? Ela nem *matou* de verdade! Isso não é assunto da Interpol, pelo amor de Deus! É um desperdício de recursos. Por que ele não espera a polícia resolver isso? Tenho certeza de que, assim que comprovarem os crimes que ela cometeu, podem entrar com um pedido de extradição e aí sim...

— Ele quer resolver isso fora dos registros.

Comecei a rir.

— Como o quê? *Matá-la?* Agora você está me pedindo para ser uma assassina de aluguel?

— Cahya, ele só quer enfiá-la em algum lugar e levá-la de volta para os Estados Unidos para que possa cumprir a lei.

— Isso é ridículo! Você disse ao seu amigo que a Indonésia é bem longe dos Estados Unidos e é distante o suficiente para não ser só pular uma droga de muro?

— Ele não pensou nisso. Ainda. Por isso preciso de você para guiá-lo e não o deixar fazer uma besteira.

— Stone, eu te adoro. Você é maravilhoso, mas vou recusar.

Ele ficou em silêncio por uns cinco segundos.

— Você não pode recusar, eu sou o seu chefe.

— Eu me transferi para o meu segundo país de origem por causa do falsificador. Eu modifiquei toda a minha vida para pegá-lo. E agora você quer que eu simplesmente desista do caso?

— Você é criativa, agente York, tenho certeza de que vai dar um jeito. — Desligou.

Com a raiva que sentia, poderia ter jogado o celular do trigésimo terceiro andar e o observado virar uma moedinha lá embaixo. Mas respirei fundo e coloquei a cabeça para pensar. Fui até a varanda, sentindo poucas gotas caírem sobre mim. Chovia lá fora e, sabendo que era a única época mais úmida de Jacarta, deixei que o tempo me acalmasse. Estava um calor digno do inferno, mas a água estava geladinha, e eu fechei os olhos para senti-la.

Meu notebook, que estava na sala, apitou, avisando-me de uma nova mensagem.

Voltei para a sala, resignada, e sentei a bunda molhada na cadeira. Tirei os cabelos úmidos do rosto e sequei as mãos na calça, embora não adiantasse muita coisa. Chacoalhei os dedos e digitei a senha para acessar a nossa comunicação segura.

Agente York,

O homem que você deve buscar no aeroporto amanhã, às três da tarde, se chama Mark Murdock. Há uma foto dele em anexo, para você saber o que esperar. Ele está procurando essa mulher e está à frente da polícia, que acabou de descobrir que a fugitiva não está mais no Chile, embora não saibam ainda que ela se encontra em Jacarta. Policiais são lerdos, você sabe. Mas Mark já tem essa informação, e é por isso que está indo para aí. Ele contou com minha ajuda para isso, não que venha ao caso.

Preciso que você o busque e o receba em sua casa. Seja boazinha, ajude-o. Prometo que vou te recompensar com férias estendidas e que, se resolver o assunto, te transfiro para um cargo ainda mais alto.

Gosta de como isso soa, não é?

Em anexo, também enviei a ficha da fugitiva, que se chama Suzanne Petersburg. Ela se envolveu com um político americano que a levou para o Chile, mas, até onde sei, está sozinha em Jacarta.

Vocês devem resolver isso fácil, fácil. Brincadeira de criança.

Abraços,

Stone.

Comecei a rir no final. *Abraços?* Stone nunca foi carinhoso. E ele estava pronto para me promover só por ajudar um amigo? Aquilo era realmente importante para o chefe. Férias estendidas, um cargo mais alto, pensei. Talvez eu não precisasse abandonar o meu Picasso idiota. Talvez eu pudesse fazer as duas coisas, ser promovida e ainda ajudar o amigo do Stone.

Cliquei no anexo e a primeira coisa que vi foi a foto da mulher.

Ela parecia uma modelo internacional.

Pensei que poderia ler sobre ela mais tarde, e talvez analisar o perfil, mas primeiro tinha que ver quem era o homem que buscaria no aeroporto.

Levou um tempo para a foto abrir e, conforme foi carregando, me recostei aos poucos na cadeira para analisá-la.

O maxilar do amigo de Stone era quadrado e largo, sem barba. A segunda coisa que reparei foi sua boca. Seus lábios eram cheios, bem contornados, exceto pela cicatriz que Stone mencionou. Estava clarinha agora, rosada, mas marcava o canto direito do lábio inferior de forma enigmática. Veio na minha cabeça quantas cantadas ele já deve ter recebido por causa dela. O nariz era meio arrogante, e parecia já ter sido quebrado várias vezes. Havia uma cicatriz do lado esquerdo

Aline Sant'Ana

do rosto também, na sobrancelha castanha, o único indicativo da cor dos seus cabelos, já que não havia sequer um fio ali.

Parei de analisar quando cheguei aos olhos; eram de um escuro profundo, tão negros que não se via as pupilas. Mas não era só a cor. Era algo. A experiência de uma vida marcada por mais cicatrizes que aquelas visíveis no rosto. Eu entendia bem esse olhar, porque via a mesma coisa quando me olhava no espelho.

Aproximei os olhos da tela, reparando nele inteiro. Mesmo sem ser uma foto de corpo todo, vi que algumas tatuagens pintavam seu pescoço levemente bronzeado do sol. Ele seria todo coberto com elas? Ou só algumas partes? Encarei-o por mais tempo do que deveria e, mesmo que não o tivesse conhecido pessoalmente, soube que aquele homem não era mesmo só um segurança particular.

Ele, assim como eu, já tinha visto a morte de perto.

CAPÍTULO 2

Maybe we're perfect strangers
Maybe it's not forever
Maybe intellect will change us
Maybe we'll stay together

— Jonas Blue feat JP Cooper, "Perfect Strangers".

Aeroporto Internacional Soekarno-Hatta, Indonésia

MARK

— Ah, merda — murmurei, encarando toda aquela gente.

Estava caótico quando cheguei em Jacarta. Eu nunca vi um fluxo tão grande de turistas em um aeroporto. Geralmente, esse era considerado um período tranquilo para viajar para a Indonésia, e estranhei aquele movimento.

Tinha estudado um pouco sobre Jacarta. A vasta capital da Indonésia, que não era uma cidade, mas sim uma província, ficava na costa noroeste da ilha de Java e era uma mistura infinita de culturas — javaneses, malaios, chineses, árabes, indianos e europeus —, e isso a influenciou significativamente.

Stone me avisou que eu ficaria no bairro mais rico dali, Jacarta do Sul, ou *Jakarta Selatan*, que abriga shoppings extravagantes e uma zona residencial que nada no dinheiro. Não que eu me importasse. Minha preocupação maior agora estava naquele fluxo surreal de pessoas e no calor infernal que fazia. Mais de trinta e poucos graus, comparados aos dezenove que vim de Miami. Percebi que a jaqueta de couro que vestia era desnecessária. Então, arranquei-a, deixei-a sobre um banco vazio qualquer e peguei de volta a mochila, segurando-a pela alça.

Diferente do que estava acostumado a vestir no trabalho, para essa viagem, excluí a formalidade. E nada de mala, apenas uma mochila grande de camping com peças-chave. Não estava aqui a passeio, mas sim para uma missão. Não havia espaço para distrações.

Falando em missão, não fazia ideia de quem esperar quando Stone disse que um agente dele estaria me aguardando com uma placa com o meu nome. Nem como um agente tinha tanto dinheiro para morar na zona mais rica da província. O tal agente que ele designou para me ajudar no caso da Suzanne.

Mantive os óculos escuros, analisando as pessoas. Havia alguns homens engravatados, mas um agente da Interpol talvez não quisesse chamar atenção e, assim como eu, estaria com uma blusa branca e calça jeans escura, fácil de se misturar.

Não encontrei ninguém com essa característica, exceto uma mulher. Ela estava com uma placa na mão, mas, pelo reflexo da luz, não pude ver o nome de quem ela queria encontrar. Reparei primeiro em suas roupas: regata branca, calça jeans preta e tênis All Star. Quase não pude ver seu rosto, por causa dos óculos escuros que ela também usava, e o cabelo castanho-avelã liso estava preso em um rabo de cavalo. O nariz era pequeno e os óculos pareciam querer escorregar por ele. Além disso, os lábios cheios alternavam entre franzidos e entreabertos. Primeiro traço sobre ela: estava impaciente.

Soube, naquele momento, que não era *o* agente, e sim *a* agente.

O reflexo saiu de cima do papel e li meu nome em uma letra rabiscada e mal-humorada: Mark.

Segunda coisa: ela não me queria ali.

Respirei fundo e caminhei devagar. Sabia que a agente já tinha visto uma foto minha, embora eu não tivesse visto uma sua. Stone me avisou que enviaria e lhe explicaria tudo, inclusive quem eu era. Conforme fui chegando mais perto, percebi o quanto a mulher era pequena. Seu rosto era delicado; mesmo que eu não fosse capaz de ver seus olhos, podia ver todo o resto. O decote da regata me permitiu ter uma visão que eu não estava pretendendo ter, mas, apesar de ser um ex-militar, eu ainda era um homem. E aquele era um decote que, sinceramente...

Estava andando muito com aqueles roqueiros.

Desviei o olhar antes que pudesse ser pego.

Perto o bastante, deixei minha mente em branco. Não demonstrei qualquer reação a ela, mas a encarei fixamente sob os óculos. A agente já estava com os olhos em mim e levou um segundo ou dois para entender o que eu queria.

— Vamos? — ofereceu. — É uma viagem longa, de quase duas horas.

Assenti.

Caminhamos lado a lado pelo aeroporto e vi a agente jogar a placa com meu nome em uma lixeira de reciclagem. Esperta. Continuamos a andar sem dizer uma palavra e fui seguindo-a por todo o caminho. Me dei conta de que ela não tinha escutado minha voz ainda. E de que eu não sabia o seu nome. Se íamos morar juntos por um tempo, sem sequer nos conhecermos...

— Como você se chama?

Ela parou de andar quase imediatamente e eu fiz o mesmo.

Tirou os óculos escuros e colocou-os sobre a cabeça.

E foi aí que eu vi a razão de ela ter escondido. Não por terem qualquer imperfeição, mas pelo oposto disso. Não havia um homem no mundo que pudesse olhar para aquilo e se esquecer.

A mulher disse seu nome, mas eu simplesmente não escutei.

Ela disse mais coisas, mas continuei encarando-a.

Era como se aqueles olhos contivessem um universo próprio, como se entregassem todos os sentimentos dela e tudo que já enfrentou. Fisicamente, eram expressivos, levemente puxados, denunciando que talvez tivesse algum traço asiático, e a cor deles... eram de uísque dançando em absinto. Os cílios eram mais escuros que os cabelos e, quando ela piscava, seus olhos se acalmavam para depois virarem tormenta de novo. O modo como me encarou me fez perceber a terceira coisa sobre ela: aquela mulher não era fácil de lidar. E a quarta: ela era de tirar a porra do fôlego.

— ... eu perdi o meu Picasso por sua causa! — finalizou o que pareceu ter sido uma explosão, embora eu não tivesse absorvido uma palavra do que ela disse.

Ela perdeu um Picasso?

— Seu nome. — Minha voz saiu tão grave que pareceu que eu não falava há uma década.

— Agente York, eu te disse.

Dei um passo à frente.

— Seu primeiro nome, senhorita York.

Ela piscou e franziu a testa. Seus olhos estavam confusos; ela estava confusa comigo. Talvez pelo senhorita, e por eu não ter usado a palavra agente.

Umedeci a boca e esperei-a me dizer.

Mas a agente York não disse.

— Você sabe meu nome. Que tal eu também saber como você se chama? Vamos passar um tempo juntos, e não pretendo chamá-la de senhorita York todos os dias. Já faço isso no trabalho, e é exaustivo.

A agente York abriu um sorriso.

Senti meu estômago revirar quando percebi que seus olhos sorriam milésimos de segundos antes de sua linda boca. Eles se curvavam e brilhavam um pouco mais. O conjunto todo, as maçãs do rosto, os dentes brancos destacando os lábios naturalmente rosados, e *aqueles* olhos...

Cacete, fazia anos que eu não reparava em uma mulher assim.

Aline Sant'Ana

— Sabe o que é, *Mark*? — Ela estalou os lábios e sorriu de novo. — Senhorita York soa bem para mim.

A voz dela não era doce, embora tudo na sua aparência fosse tão suave...

— E para onde vamos, senhorita York? — Minha voz ainda não tinha voltado ao normal.

— Para o meu apartamento em *Jakarta Selatan*. Imagino que você já deva saber que é a zona mais rica de Jacarta, mas não se engane, meu apartamento é bem pequeno. — Ela desceu o olhar por todo o meu corpo. — Sua camiseta branca está grudada em você e sei que deve querer tomar um banho; a viagem deve ter sido muito longa. Depois, nós vamos trabalhar, e eu te explico por que gritei por causa do Picasso.

— Essa parte realmente não fez sentido algum para mim.

— Desde o momento em que pôs os olhos nos meus, não prestou atenção em uma palavra que eu disse. Você sabia que os homens são geneticamente predispostos a ignorar o que a gente fala?

Meus lábios abriram só um pouco, mas ela percebeu o meu choque.

— Surpreso? Eu sou capaz de ler as pessoas.

— Habilidade ou treino?

A senhorita York deu de ombros.

— Você é como eu, Mark. E sabe bem a resposta.

— Um pouco dos dois, então.

Ela voltou a andar, mas vi que ainda sorria quando acompanhei seus passos.

— Um pouco dos dois.

CAPÍTULO 3

CAHYA

— Tire os sapatos — pedi, assim que chegamos ao meu apartamento.

Joguei a chave sobre a mesa de centro e me virei para olhá-lo. Aquele homem de mais de dois metros de altura, coberto de tatuagens, tirando as botas em menos de cinco segundos no meu apartamento, era uma cena que eu não queria perder. Ele deixou sua mochila no cabideiro da entrada e fez tudo muito rápido: se abaixou, desamarrou e pegou os coturnos, erguendo a sobrancelha direita para mim assim que ficou ereto.

Naquele momento, em que Mark estava me olhando, veio na minha cabeça... *quanto tempo eu não trazia um homem para cá?*

E ele era bem mais bonito pessoalmente do que por foto, se isso sequer fosse possível.

Stone tinha que me promover.

— Onde coloco, senhorita York?

— No canto esquerdo da porta.

Mark o fez e ficou parado, olhando ao redor. Enfiou as mãos nos bolsos frontais da calça e voltou a me encarar.

— Posso entrar?

— Pode.

Ele, só de meias brancas, começou a circular pela minha casa. Era estranho tê-lo naquele espaço, porque pertenceu ao papai antes de ele falecer e também porque tudo era muito doce em contraste com sua rudeza.

Talvez fosse educado fazer um *tour*, ainda que não houvesse muito para mostrar. Os cômodos eram pequenos e...

Meu Deus.

Onde diabos ele dormiria?

— Essa aqui é a minha sala, sem sofás. E são propositais as poltronas porque

Aline Sant'Ana

as raras pessoas que vêm me visitar precisam entender que não quero que fiquem mais tempo do que deveriam. Agora estou vendo que é burrice, porque você precisa dormir e não tem lugar.

Mark ignorou o comentário, embora parecesse anotar cada coisa como se fosse me questionar depois. Deu passos até ficar perto de mim. Ele era tão estupidamente alto que minha cabeça não chegava ao seu ombro. Mark virou o rosto para me olhar. Seus olhos negros pareciam zombar de mim, ainda que ele não estivesse sorrindo.

— E a cozinha? Tem uma boca no fogão?

Franzi a testa.

— Tem duas.

Mark ia rir, mas espremeu os lábios para não ser pego.

Olhei-o, pensando no que ele fazia antes de proteger uma banda de rock. Ele foi para longe de mim e analisou tudo. A cozinha era pequena, mas delicada. Eu tinha armários com arabescos de vidro fosco. Eu sorri para aquilo. Era tão ridículo. Se mamãe estivesse aqui, diria que eu morreria solteira justamente por causa daquela cozinha.

— Uma caneca, um copo, um prato — Mark falou baixinho. — Você odeia pessoas?

— Eu *evito* pessoas.

— E, de repente, como uma boa samaritana... — Mark se virou e ficou com aqueles buracos negros me prendendo. Não consegui me mexer. — Vai me receber na sua casa?

— Promoção e férias prolongadas.

Mark cruzou os braços, o que fez seus músculos quase rasgarem a camiseta básica de gola V e mangas curtas. Até as tatuagens se esticaram. Seus bíceps eram da largura das minhas coxas.

Fascinante.

— Você me olha e vê a sua promoção e férias no Caribe.

— Tóquio.

Isso o surpreendeu.

— Como?

— Japão.

— Ah, certo. — Ele pensou por um momento e depois me admirou de novo, virando a cabeça para o lado, como os cachorrinhos fazem ao ouvir um som estranho. — E o que mais você tem para me mostrar?

Indiquei com a cabeça o corredor do pequeno apartamento. Senti Mark me seguindo. A presença dele era tão intensa, que o perfume masculino foi se espalhando, junto com ele, pelos cômodos. Era algo com um aroma seco, nada adocicado. Talvez picante; uma mistura de âmbar, lima e carvalho.

Fechei os olhos quando cheguei perto do meu quarto, porque Mark ficou tão próximo a mim que seu peito quase colou nas minhas costas. Senti uma corrente elétrica me percorrer, e isso deveria ser meu corpo me punindo por ter ficado tanto tempo sem...

— Seu quarto?

— Sim. — Dei espaço e tossi rapidamente. — Pode entrar.

— Um travesseiro, embora a cama seja de casal — analisou. — Certo, você realmente odeia pessoas.

Acabei rindo.

— Cala a boca. Vem ver o banheiro. É a melhor parte. E tem *uma* privada! A prova viva de como sou egoísta e solitária.

Quando Mark virou-se para mim, seus olhos sorriam, mas não seus lábios. E ele tinha uma expressão leve no rosto, de reconhecimento, o que me fez entender que lidava com gente engraçada o tempo todo e que precisava manter a expressão neutra.

— Você está acostumado com humor sarcástico.

— Eu protejo rockstars, senhorita York.

Sua voz era grave, absurdamente sexy e, quando ele dizia senhorita York, eu sentia arrepios na pele.

— Rockstars são sarcásticos?

— Sim, são.

— Você gosta deles — concluí.

— Por que acha que estou aqui?

— Porque você é bom demais para deixar a maluca se safar. Acho que entendi essa parte.

— Eu vou te contar tudo, embora a senhorita já esteja familiarizada com o caso. Agora, pode me apresentar o banheiro? Quero fechar meu mapeamento da sua personalidade, indicando que você afasta pessoas com sua única privada.

Aline Sant'Ana

— Já tive homens saindo correndo pelo fato de olharem meu banheiro.

Mark ergueu a sobrancelha.

— Tão ruim assim?

— Eu só tenho uma toalha — falei e abri a porta para que ele visse. Era até... luxuoso. Tinha uma banheira grande, um chuveiro maravilhoso. Era a parte que eu mais gostava do apartamento.

Ele abriu um sorriso de lado quando admirou o cômodo. Não um sorriso completo. Só um levantar do lado direito dos lábios. Foi sexy e fez meu corpo acender. Isso era tão... *tão idiota*.

— Como você faz quando precisa lavar a toalha? — Ele fixou os olhos nela. Era rosa, com detalhes rosa-claro.

— Eu lavo e seco na mesma máquina, senhor século dezenove. Inventaram as secadoras em 1950. O que é bem útil hoje em dia, *Mark*.

— Como sabe o ano que inventaram as secadoras?

— Memória fotográfica.

Eu o surpreendi de novo.

— Você é...

— Especial? Linda? Uma deusa da memória? Aceito qualquer elogio desses.

Ele sorriu completamente. E percebi que o sorriso dele era a parte que eu mais gostava. Meu corpo começou a formigar como se eu fosse uma adolescente admirando o quarterback da escola.

— Vou aceitar aquele banho, senhorita York — falou baixinho, mas ecoou pelo banheiro.

— Fique à vontade. Depois te mostro a varanda.

— Tudo bem.

Mark virou-se.

— Eu quero agradecer por sua hospitalidade, por ter me deixado ficar aqui, sem me conhecer. Entendo como sua vida deve ter mudado drasticamente desde que recebeu a notícia. Vou entender se não me quiser invadindo seu espaço, sua vida. Eu posso procurar um hotel; estarei por perto.

Pisquei e, por sua expressão, vi que Mark estava falando sério.

— Começamos com o pé esquerdo, né?

Mark se limitou a sorrir e não dizer uma palavra.

— Olha, eu fiquei chateada porque você apareceu justo quando estou perto de concluir um caso, mas, se é uma pessoa importante para o Stone, se ele confia em você, então, eu também confio. E, se é para ajudá-lo em um caso, podemos bolar um plano mais tarde. Se for para um hotel, vai ficar um pouco complicado nos vermos frequentemente.

— Hum, eu...

— Você pode ficar aqui, Mark — resumi. — Pode morar por um tempo no meu apartamento.

Ele umedeceu a boca.

— Você quer muito aquela promoção, né?

Sorri.

— E Tóquio.

— Tudo bem, mas... abdicar de uma missão?

— Não abdicar, mas vou ter que dar um jeito de trabalhar nas duas coisas.

Mark franziu as sobrancelhas. Ele olhou para o lado, para o corredor, como se precisasse de uns segundos para pensar.

— Está me ajudando, senhorita York. — Virou aqueles olhos para mim. — Nada me impede de ajudá-la também.

Minha boca foi se abrindo.

— Quer me ajudar no caso do Picasso?

Ele deu de ombros.

— Por que não?

— Você já fez missões — deduzi.

— Sim.

— Quantas?

— Centenas.

Senti meu corpo começar a gelar.

— Interpol?

— De tudo um pouco.

Subitamente, eu entendi.

— Militar — sussurrei. — Você é militar?

— Era. Fazia operações especiais, fora dos registros. Major Mark Murdock.

— Major? — gritei, muito surpresa.

Ele sorriu, mas não um sorriso de orgulho.

— Não era tão legal assim.

Caminhei com ele ao meu lado, porque Mark precisava pegar sua mochila no cabideiro. Eu fiquei perplexa por um bom tempo, enquanto ele se mantinha em silêncio, talvez sentindo que precisava me dar esse espaço. Ele era um militar, um homem que... minhas missões seriam como brincadeira de criança para ele. Deve ter visto muita morte de perto e agora protegia uma banda de rock. Não por opção, talvez, mas, pela maneira que falou deles, aquela gente era sua família. E o fato de estar aqui por eles o tornava muito mais honrado do que qualquer patente militar o enalteceria.

Quando Mark pegou a mochila e começou a caminhar em direção ao banheiro, senti que precisava dizer uma coisa.

— Cahya Aziz York.

Mark se virou e vi suas sobrancelhas franzirem.

— O que disse?

— É o meu nome.

Ele abriu um sorriso completo e testou o nome em sua boca:

— *Quéria*.

— Pronunciou errado. É *Caia*.

— Cahya — ele falou certo. E não do modo americano, que tinha o hábito de usar o r em todos os lugares. Mark umedeceu a boca antes de concluir. — É tão exótico.

— Tenho dupla cidadania. Indonésia e americana.

Os olhos dele brilharam um pouco.

— Um pouco dos dois, né? — brincou, se referindo ao que falamos no aeroporto.

Sorri para ele.

— Um pouco dos dois.

Mark me encarou intensamente por quase um minuto inteiro.

E eu senti que poderia contar a ele todos os meus segredos.

— Eu guardo uma toalha no armário embaixo da pia do banheiro. Se quiser usar, ela é sua. Está até fechada, na embalagem.

— Por que guarda essa toalha?

Dei de ombros.

— Para o homem que não fugir depois de ver que eu só tinha uma toalha e era tão egoísta a ponto de só ter uma privada.

Ele gargalhou alto. E foi uma coisa tão gostosa de ouvir, porque ecoou por todo o meu apartamento, mudando a energia do lugar, deixando tudo masculino. Aquela risada, mesmo ele estando tão distante de mim, vibrou por todos os meus órgãos, e o meu estômago deu um pulo quando o som foi se perdendo e só restou o olhar de Mark sobre mim.

— Eu não vou fugir, Cahya. — Mark fechou delicadamente a porta do banheiro.

Assim que ouvi o som da água, peguei o celular, com as mãos tremendo. Assim que Stone atendeu, minha voz também falhou.

— Tem um major pelado no cômodo ao lado, usando o meu chuveiro! — ralhei. — Mencionei a palavra *major*?

Stone riu na linha.

— Não que isso seja tão ruim, não é mesmo, agente York?

— Por que não me disse que ele era militar*?*

— Mark é excelente. Tem um impecável currículo. Você gostou dele?

— Se eu gostei? Você quer me arrumar um casamento ou quer que eu ajude o homem?

Stone ficou em silêncio.

— Stone!

— Tá bem, tá bem... eu quero que você o ajude.

— Ele é um major. Mark deve resolver a paz mundial usando um alfinete!

Stone riu.

— Ele não precisa de mim.

— Ele precisa. Mark não conhece Jacarta, e não está na ativa há muito tempo.

— Estou na Interpol há quatro anos. Com uma missão que nem concluí. Sou uma criança recém-nascida perto do que Mark já deve ter enfrentado.

— Você era uma excelente agente antes disso. Você é nova, tem sido promovida muito rápido. Mas, sabe? Mark, sem dúvida, já deve ter visto muita coisa.

26

— E você quer me tranquilizar, Stone? — gritei.

— Ajude-o, Cahya. — Usou meu nome mais uma vez, soando doce mesmo à distância. — Como eu disse, seja criativa. — Desligou.

Fechei os olhos e respirei fundo.

Eu queria uma tequila.

Uma missão por você

CAPÍTULO 4

At the sunrise, I opened up my eyes
And at the first light, there you are
Staring back at me, with a heart so free
And I just want to be, where you are

— *Volunteer, "Good Day".*

MARK

Meu primeiro dia em Jacarta se resumiu a um banho assim que cheguei e depois dormir na poltrona reclinável da sala de Cahya. Eu dormi demais, sequer me alimentei, porque precisei regular o sono, para poder não sentir tanto o jet lag da mudança de fuso horário.

Quando acordei, às nove da manhã do horário de Jacarta, percebi que Cahya havia saído. Aproveitei para olhar a vista da varanda. Era meio que... surreal. Parecia estar em um universo alternativo, um mundo onde uma fotografia de descanso de tela do notebook era uma possibilidade. Jacarta do Sul era recheada de prédios absurdos, tão altos que pareciam tocar o céu. Lá embaixo, vi as ruas completamente arborizadas. O fluxo de carros era intenso e os modelos com certeza custavam dez anos do meu salário. Respirei fundo e decidi sair da divagação. Fui até o banheiro de Cahya fazer minhas coisas e tomar um rápido banho, porque suei pra caralho durante a noite. Assim que terminei e abri a porta, já vestido com uma calça jeans preta e uma camiseta Adidas, encontrei-a sentada em uma das poltronas, especificamente a que eu havia dormido.

Cocei a cabeça quando ela me admirou por alguns segundos.

— Você desmaiou, Mark. Por um dia inteiro.

— Eu precisava regular o sono.

Cahya sorriu.

— É, eu sei. Mas deve ter sido terrível dormir nessa poltrona.

— Não foi um dos meus melhores momentos, mas garanto que já tive noites piores.

Era estranho aquele pequeno espaço, mas, quando bati os olhos nela e vi que Cahya estava sorrindo, a sensação de não pertencer ali meio que... se foi. Naqueles olhos estavam uma curiosidade que eu não esperava. Cahya secou meu corpo inteiro antes de voltar para o meu rosto.

Aline Sant'Ana

Eu estava a trabalho ali, então, tentei ignorar a beleza daquela mulher, a boca sexy dela, a maneira que seus cabelos caíam como seda em seus ombros. Respirei fundo e abri um discreto sorriso.

— Posso me sentar?

Cahya estreitou os olhos e concordou com a cabeça. Assim que o fiz, vi Cahya colocar uma mecha de cabelo atrás da orelha. O gesto trouxe seu perfume direto para mim. Lavanda. Mordi a boca para evitar dizer o quanto ela era linda, e foquei no que precisava fazer. O motivo de estar ali. Quando ia abrir a boca, Cahya falou primeiro.

— Você vai pedir permissão para tudo que fizer na minha casa?

— Vou pedir, sim. Se não se importar.

— Eu me importo.

Encarei-a.

— Vou continuar pedindo permissão.

Ela me admirou.

— Você é tão...

— Sério?

— Não precisa me tratar como se eu fosse um capitão, *major* Mark.

Umedeci a boca e abri um sorriso.

— Na verdade, um capitão seria alguém inferior à minha antiga patente. — Levei a mão à nuca para coçar um ponto. Cahya acompanhou o gesto, olhando por um tempo para o meu braço tatuado.

Péssimo sinal.

— Ah, é? — Ela se acomodou melhor na poltrona e, como era pequena, virou todo o corpo para me olhar. Abraçou as pernas e sorriu. — O que você seria depois de um major?

— Tenente-coronel.

— Então, não me trate como se fosse sua tenente-coronel.

— Não tratarei. Ainda assim... vou te respeitar o bastante para perguntar as coisas.

— E se você quiser comer? Vai me pedir para abrir a geladeira?

Ri e, quando o fiz, observei Cahya. Ela estava com a boca entreaberta e os olhos brilhando para mim, encarando-me como se eu fosse uma coisa interessante de se olhar.

Uma missão por você

Não faz assim, Cahya.

— Eu vou perguntar se posso cozinhar para nós.

— Você pode — ela sussurrou.

— Então, eu vou fazer isso agora. Está com fome?

— Morrendo. Já são dez da manhã, mas não como nada desde ontem. Acho que devemos almoçar, ao invés de irmos para o café da manhã.

— Então, somos dois. Eu capotei, lembra? — Me levantei rápido. — Tem macarrão?

Cahya sorriu.

— Fuce e descubra!

Cheguei na cozinha em poucos passos e, quando comecei a mexer, fui me aliviando da sensação estranha que Cahya me causava. Tudo nela era exótico. Seu nome, seus olhos puxados quase verdes, o rosto de princesa, o corpo de tirar o fôlego, seu apartamento com peças únicas...

O que me fez parar de tirar o macarrão do saco plástico.

Virei meu rosto até achá-la.

Cahya estava com o dedo indicador entre os lábios, absorta em algum pensamento, porque seus olhos estavam nebulosos, estreitos e fixos em mim. Senti um arrepio beijar minha pele. Prendi o olhar dela, até Cahya voltar para a realidade e me ver de verdade.

— Tem alguma coisa errada com o macarrão? — Cahya sorriu.

— Não, não tem. Eu só quero que você me leve ao supermercado. Tem algum aqui perto?

Ela franziu a testa.

— Tem um grande a duas quadras daqui. Vai precisar de muita coisa?

Deixei os ingredientes em cima da bancada. O macarrão, um molho pré-pronto, cogumelos e medalhões de frango.

— Não planejei nada, mas acho que algumas coisas...

— Você não está cansado?

Sorri.

— Dormi pra caramba. Já estou novo.

Cahya pareceu convencida, porque se levantou. Ela usava uma calça jeans branca e uma regata preta que abraçava todas as curvas do corpo pequeno.

Aline Sant'Ana

Congelei no lugar. Percebi que não havia passado muitas horas com ela, mas parecia que... eu já estava há uma semana ali, não um dia. Que coisa estranha.

Comemos um cereal matinal para segurar um pouco a fome, antes de irmos para o mercado. Depois, coloquei meias limpas e os coturnos, enquanto Cahya voltou para seus tênis All Star. Descemos pelo elevador e fomos a pé até o hipermercado. Enquanto caminhava em silêncio ao lado de Cahya, em uma rua muito distinta de Miami, percebi que minha vida deu uma reviravolta em questão de semanas.

Saí dos Estados Unidos, fui para o Chile e descobri que Suzanne não estava mais lá. Ela enganou um político para viajar até Jacarta e só usou o Chile como ponte aérea. Stone foi me instruindo por telefone, enquanto usava o sistema avançado da Interpol, fora dos registros, para me auxiliar.

Mais um tempo depois, eu estava em outro continente, na Ásia, em uma cidade desconhecida e com uma cultura muito destoante da minha. Isso me lembrou das missões que fazia para o governo. Antes, eu não tinha um lar para retornar e nunca vinha de um ponto de partida; era como se não houvesse uma identidade. Eu sempre estava em algum lugar aleatório que me levava a outro lugar aleatório. Conhecia países, línguas diferentes, mas nunca pude dizer que havia uma casa para voltar.

Agora, eu tinha Miami.

Um ponto de partida.

As coisas estavam diferentes e essa não era só mais uma missão.

— Você está bem?

— Sim — murmurei, já empurrando o carrinho. Fiquei tão absorto no silêncio que não percebi que havíamos chegado. — Acho que vou comprar muitas coisas, se não se importar.

— Não vai pedir permissão para gastar seu próprio dinheiro, né?

Tirei da minha carteira um cartão de crédito que Yan insistiu que trouxesse e mostrei para Cahya.

— Não é bem o meu dinheiro, mas vou pedir para descontarem do meu salário quando eu voltar.

Cahya sorriu.

— Eles gostam de você.

— Yan está preocupado com o que estou fazendo. Ele acha que essa mulher é muito perigosa para eu lidar sozinho. — Guardei o cartão de volta na carteira.

— Yan é...

— O baterista da banda.

— Ah, certo. O dono do cartão de crédito. E ele não sabe que você era um major?

Cerrei o maxilar.

— Não.

— Talvez devesse contar um dia.

— Talvez.

— Você acha que isso geraria perguntas?

— Eu acho que ele, assim como todos, me olharia de forma diferente. Eu tive estresse pós-traumático quando retornei e parei com as missões. Eu fui à terapia e consigo falar sobre as coisas que fiz por esse mundo, isso não é mais um problema. Mas eu não quero. Prefiro protegê-los, alegando que só fui um militar, e não dizer claramente que fiz missões em que tive que matar em nome dos Estados Unidos da América.

— Não registraram suas missões... — ela murmurou para si mesma.

Continuei caminhando, embora aquele assunto parecesse me paralisar.

— Quando estava lá, eu estava por mim mesmo. Nenhum registro, ninguém para resgate, caso desse errado. E não, não podia dizer que estava lá pelos Estados Unidos. Entrei em zonas de guerra, em zonas de conflitos políticos e, quando assumia esse compromisso, eu era apenas Mark, e não um major. Eu fiz o que tive de fazer, mas não sou um herói.

Cahya parou o carrinho ao colocar a mão sobre a minha. Estávamos no setor de congelados do hipermercado quase vazio. Quando seus olhos pousaram em mim, eu soube que aquela mulher me entendia.

— Eles te acham um herói, e você se sente um vilão.

— Eu me sinto como alguém que teve que fazer coisas que não concordava para não ser demitido. Não entrei no exército para isso, Cahya. Entrei para fazer a diferença e salvar pessoas.

— E por que eles te colocaram em missões fora dos registros?

Porque eu era bom demais no que fazia.

Fiquei em silêncio. Cahya me admirou por poucos segundos, até se afastar e ir para uma das geladeiras.

— Mark, eu adoro esse peixe! Vamos comprar?

Aline Sant'Ana

Encarei-a, um pouco surpreso ao perceber que ela desviou do assunto porque não quis forçar a barra.

— Sim, vamos colocar no carrinho.

Disperso da conversa, voltei ao que me propus a fazer no imenso mercado. Eu tinha feito mentalmente uma lista de mantimentos que queria comprar, depois de dar uma olhada nos armários de Cahya e em sua geladeira e perceber que ela só tinha macarrão, sopas e coisas congeladas.

Tive que, ora ou outra, perguntar para Cahya o que dizia nas embalagens, já que não entendia o que estava escrito. Levei tudo que precisávamos, incluindo legumes e frutas frescas. Cahya não disse uma palavra, apenas me observou e traduziu para mim o que não consegui compreender.

Depois de ter tudo definido no quesito comida, fui até a sessão de vestimentas, para pegar algumas roupas, já que havia trazido tão poucas. Não experimentei uma peça sequer, eram roupas de hipermercado, muito básicas. Peguei algumas calças jeans, camisetas, cuecas, camisas sociais e sapatos.

— Pode me ajudar a achar a sessão para coisas de casa agora?

Cahya olhou para o teto, vendo as informações.

— Terceiro corredor à direita. — Ela parou por uns segundos. — O que vai comprar?

Ergui a sobrancelha.

— Um copo, um prato, uma caneca, uma toalha...

— Ai, meu Deus! — Ela corou. — Eu não pensei nisso! A gente comeu o cereal direto da caixa. Que vergonha!

— Pois é, Cahya. Eu não sei se seria uma boa ideia dividir o prato com você, como naquele desenho animado...

Ela me deu um tapa no braço, o que me fez rir.

— Você não usou a minha toalha nova nem ontem nem hoje, né?

— Eu trouxe a minha, mas quero comprar outra.

Cahya rolou os olhos.

Acabei dobrando o que Cahya tinha em sua casa. Não era mais um copo, mas sim dois, e assim sucessivamente, inclusive o carrinho. Eu e Cahya fomos andando lado a lado, colocando coisas que precisaríamos para que eu convivesse com ela por um tempo, oficializando que ela tinha companhia. Fui até a sessão de acampamento e peguei um colchonete para dormir em sua sala. A poltrona era ótima, mas minha nuca estava me matando.

Quando estávamos na fila do caixa, Cahya parou. Olhou para os dois carrinhos, e percebi sua expressão perdendo a diversão.

Estreitei os olhos enquanto a observava, tentando entender no que ela estava pensando.

Esperei que falasse.

Mas ela só se virou para mim e, com os olhos um pouco emocionados, pigarreou para achar a voz.

— Vou dar um pulo no apartamento e pegar o meu carro, para colocarmos as compras. Viemos a pé, né?

Decidi que era seguro ficar em silêncio, então, só concordei com a cabeça.

— Ótimo. Eu volto num instante.

Concordei mais uma vez.

Ela pareceu aérea demais quando me deixou. Cahya se confundiu com a saída. E, quando retornou, tentou trazer de volta o ânimo, mas algo mudou.

— Cahya, tem certeza de que me quer no seu apartamento? Eu ainda posso ir para um hotel.

Ela respirou fundo e me observou por um minuto inteiro.

— Está tudo bem. Eu só me lembrei de uma coisa, mas já está passando. Acho que todos nós temos momentos em que o passado toca o presente.

— Sim, temos.

Cahya sorriu.

— Está tudo bem mesmo? — reforcei.

Ela assentiu.

— Então vamos levar esse mundo de compras para a sua casa.

Uma missão por você

CAPÍTULO 5

Swimming pool of passion
Mutual attraction
We both know there is something going on
There is something going on

— *MNEK, "Tongue".*

CAHYA

Depois do mercado, Mark fez um macarrão tão gostoso que precisei repetir, só para ter certeza de que estava comendo. Mais tarde, ele fez um jantar leve, com peixe grelhado, acompanhado de arroz e uma seleta de legumes. Eu sentia falta de comida de verdade, embora não tenha dito em voz alta.

Na hora de dormir, Mark esticou seu mais novo colchonete na sala, e eu cedi para ele um cobertor, porque ele tinha comprado seu próprio travesseiro.

Foi difícil dormir na minha aconchegante cama, enquanto imaginava Mark dormindo no colchonete.

O problema é que não podia simplesmente convidá-lo para dormir comigo.

Resumindo? Eu quase não preguei os olhos.

Amanheceu, e fiz todas as coisas que deveria fazer no banheiro, incluindo tomar um longo banho e me vestir. Saí na ponta dos pés do quarto, para não o acordar e...

— Bom dia, Cahya.

— Ai, meu Deus!

Ele soltou uma risada.

— Te assustei?

— Não... eu...

Me perdi em algum momento da explicação assim que pousei meus olhos em Mark. O homem não tinha sequer uma olheira, parecia ter dormido lindamente bem. Estava com um sorriso suave no rosto, enquanto meu apartamento cheirava a café e ao seu perfume masculino, tudo misturado. Ele estava na varanda, sentado na minha cadeira vime, dono do lugar. Por algum motivo idiota, senti meu estômago revirar e a temperatura subir.

Cedo demais para fazer calor.

Aline Sant'Ana

Mark bebeu um longo gole do café, enquanto sorria por trás da caneca preta.

— Desculpe, eu demoro para acordar. Bom dia. — Bocejei. — Que horas são?

— Sete da manhã.

— E *por que* você acordou tão cedo? — Aumentei a voz.

Mark saiu varanda e começou a caminhar em minha direção, enquanto me olhava nos olhos. Através da camiseta preta dele, eu não podia ver com a mesma clareza os seus músculos e a pele coberta de tatuagens.

Então, decidi odiá-la.

— Temos trabalho a fazer. — Mark me guiou até a bancada da cozinha. Lá, inúmeras folhas e fotografias estavam espalhadas. Fiquei imediatamente desperta, enquanto Mark me entregou a minha caneca com o café. — Precisamos adiantar isso.

— Tudo bem.

Eu sabia que estava na hora de partirmos para a investigação de Mark. Eu podia sentir a ansiedade dele em resolver o caso, em encontrar algo sobre Suzanne. Eu sabia que, para ele, era importante.

Se não fosse, ele não teria vindo.

Depois de nos acomodarmos, escutei sua voz ecoar com aquela rouquidão que só ele tinha.

— Suzanne Petersburg. Trinta e dois anos. Nascida e criada em Miami. — Mark começou a falar a ficha da mulher que estava procurando. Apesar de Stone ter me inteirado do caso, eu precisava ouvir de Mark, para poder fechar mentalmente as lacunas que estavam soltas. — Ela foi dada como desaparecida aos vinte e três anos. Os pais não sabiam do paradeiro dela, até Suzanne se tornar uma ameaça pública. Aos vinte, foi internada em uma clínica psiquiátrica com o diagnóstico de esquizofrenia.

— O que aconteceu com ela?

— A irmã mais nova de Suzanne cometeu suicídio, o que, acredito, tenha sido o gatilho para ela se perder. E Suzanne culpou Yan, o baterista da banda, por isso. A irmã dela aparentemente era apaixonada por ele na adolescência, então... como não deu certo, Suzanne culpou Yan pela morte da irmã, Breanna Petersburg.

Estreitei os olhos.

— Um plano de vingança. Por isso a tentativa de homicídio de pessoas que importavam para ele, como Lua Anderson e Shane D'Auvray — Li o que estava escrito. — Ela quis que ele sentisse o que ela sentiu.

— Isso.

— O que te faz crer... — Encarei Mark. — Que ela não vai parar, se descobrir que foi só a tentativa de assassinato, e não um assassinato propriamente dito.

Mark umedeceu a boca e voltou a olhar para os papéis. Seus olhos ficaram fixos na foto de Suzanne.

— Ela não vai parar.

A partir dali, compreendi a razão de Mark ter largado tudo para ir atrás dessa mulher. Ela tinha uma motivação.

— Se foi um crime passional, então... não há possibilidade de ela ter sido diagnosticada de forma equivocada — murmurei para mim mesma.

Mark voltou os olhos para mim.

— Você acha que ela não é esquizofrênica?

— Lendo a ficha dela e te escutando falar, parece que Suzanne agiu pelo coração, muito mais do que pela razão. Se fosse um plano vingativo racional, eu diria que ela não é esquizofrênica.

— O que ela poderia ser?

Pensei por alguns segundos.

— Retome as motivações dela. O que Stone te passou do perfil que ele traçou?

— Suzanne arquitetou por anos um plano para chegar onde chegou. Ela criou uma identidade falsa, se tornou secretária do pai da namorada do Yan. Ela agiu pelas costas deles por tempo demais.

Tirei a ficha das mãos do Mark e comecei a ler.

Suzanne tinha fotos em casa dos integrantes da banda e de suas namoradas. Esquemas de planos alternativos. Ela queria se vingar de Yan, a qualquer custo, pelo tempo que fosse. Não agiu por impulso. Suzanne aguardou o momento ideal.

Senti a complexidade do caso quando minhas mãos ficaram geladas.

— Como ela tentou matá-los mesmo?

— Cortou o freio do carro de Lua Anderson, namorada do Yan Sanders. Provocou uma overdose em Shane D'Auvray, amigo de Yan Sanders e parceiro da banda.

— Feminino — pensei alto. — Mulheres tendem a buscar alternativas menos sujas de matar. Mas isso não as torna menos perigosas.

Respirei fundo.

Aline Sant'Ana

— Então, vamos traçar uma linha do tempo — comecei — No início da fase adulta, Suzanne perdeu a irmã para um suicídio, que ela acreditava ter sido motivado por um amor adolescente de sua irmã por Yan Sanders.

— Correto.

— Após o suicídio da irmã, enquanto Yan estava vivendo normalmente, Suzanne ficou internada em uma clínica psiquiátrica e, aos vinte e três, fugiu para ser um novo alguém.

Mark assentiu.

— Em algum momento, Suzanne deve ter descoberto que a vida de Yan seguiu um padrão crescente. Sucesso, dinheiro e mulheres. Se ela sentia que ele era culpado pela morte da irmã, na cabeça dela, como Yan se deu tão bem na vida?

— Exatamente — ele concordou.

Peguei mais papéis e passei os olhos por eles.

— Suzanne esperou e estudou por anos para conseguir uma vingança. Pensou em todas as variáveis, criando um alfabeto de planos e possibilidades. Ela não queria que Yan continuasse a vida dos sonhos que ela acreditou que ele vivia. Suzanne sabia que teria sucesso em seu plano, ela estava certa disso. Então, se preparou e, no momento certo, atacou.

Mark abaixou as folhas das minhas mãos e me encarou nos olhos. Estava tão absorta no caso que sequer admirei aquelas íris negras e enigmáticas.

— Mark...

Ele piscou e eu fui sentindo meus lábios se entreabrirem.

— Ela não sente empatia pelo próximo. O plano parece passional, mas é completamente racional. Eu estudei por muito tempo o comportamento humano, a psicologia, para compreender o mundo das pessoas que cometem crimes. Se fosse passional, Suzanne poderia ter matado Yan ou alguém que ele amasse na primeira oportunidade que tivesse. Ela foi fria e calculista. Suzanne esperou. Aqui está mostrando que ela manipulou pessoas...

— O que está dizendo, Cahya?

— Se ela fosse mesmo esquizofrênica, criaria teorias da conspiração e, muito provavelmente, agiria sem pensar e sem traçar um plano. Esse perfil...

Me levantei do banquinho. Senti meus joelhos tremerem. O passado veio à tona como uma tempestade. Me segurei na bancada, e senti as mãos de Mark apoiarem as minhas costas.

— Cahya, preciso que você respire. O que aconteceu? — Ouvi o desespero no tom de voz dele.

— Eu já lidei com um caso... já lidei com um caso...

Precisei me sentar.

Não sei quantos minutos passaram até que conseguisse focar a visão em Mark, até que me sentisse capaz de respirar por mim mesma.

Meus olhos grudaram nos dele enquanto a realidade me atingia.

Mark trouxe de volta todas as feridas que não consegui cicatrizar.

— Ela não... ela não é... esquizofrênica. — Tremi a voz. — Foi diagnosticada da forma errada.

— Cahya...

— Estamos lidando com uma psicopata. — Busquei respirar fundo. — Me dê um minuto, Mark. Só um minuto, por favor.

Corri para o meu quarto e fechei a porta, antes que Mark percebesse as lágrimas que desceram pelo meu rosto.

Uma missão por você

CAPÍTULO 6

Will you show me the piece of my heart I've been missing?
Won't you give me the part of myself that I can't get back?
Will you show me the piece of my heart I've been missing?
'Cause I'd kill for you
And darling you know that

— Sam Smith feat YEBBA, "No Peace".

MARK

Quando uma mulher precisa de espaço, não adianta bater de frente. Um espaço, então, era exatamente o que eu daria a ela. Deixei Cahya quieta em seu quarto por todas as horas que ela quis ficar lá e, embora a vontade de colocar a porta abaixo e perguntar se ela estava bem fosse imensa, eu não era próximo o suficiente para invadir seu espaço pessoal. Como lidei com o sexo feminino por longos períodos, especialmente após comandar equipes com mulheres militares, deixei-a ter um tempo para si mesma.

Continuei revisando os documentos do caso de Suzanne, perdido no tempo, tentando encontrar uma ligação entre o Chile e a Indonésia. Não havia uma. Não aparecia em nenhum documento e em nenhuma prova que foi verificada e retirada do apartamento, qualquer coisa sobre a Indonésia.

Uma psicopata, então.

Por que eu não pensei nisso antes?

Psicopatas são impossibilitados de sentir empatia, eles apenas fingem emoções. Usam as pessoas para bens que motivam a si mesmos e manipulam quem quer que seja, presos em suas próprias vontades. Há muitos níveis de psicopatia e, se Cahya estivesse certa, Suzanne não podia sequer ter a chance de ficar livre.

Escutei a porta do quarto se abrir e continuei com os olhos fixos nos papéis. Não desviei para observá-la se aproximar, mas respirei aliviado quando, pela visão periférica, vi que Cahya estava bem. Ela apoiou as mãos na bancada e fechou os olhos.

Foi o momento de olhá-la.

Cahya havia chorado.

E já havia anoitecido.

Aline Sant'Ana

— Agente Alexander Tale Norris, caso 5910967. — A voz dela chegou baixa, tocando alguma parte dentro de mim. Analisei os traços do seu rosto e, ainda que estivesse falando de pálpebras fechadas, fui capaz de ver sua dor. — Investigou um foragido chamado Walter Bing. O criminoso que esquartejou em Nova York homens que pareciam fisicamente com ele. Foi identificado e considerado um assassino em série, com tendências psicopatas. Alex era um agente novo do FBI, recém-chegado de Quantico, e pegou um dos casos mais interessantes e promissores da época, que poderia definir toda a sua carreira. Por mais que sua namorada dissesse para ele não pegar o caso, já que o agente era fisicamente semelhante a Walter Bing, ele aceitou. O agente ignorou sua namorada, acreditando que ela estava com ciúmes por ele ter conseguido um caso tão bom, e tão rápido. Afinal, ela não teve a mesma sorte.

Me levantei do banquinho.

Cahya abriu os olhos e estendeu a mão, me pedindo para parar.

Mas eu já tinha entendido tudo.

Lágrimas secas estavam em suas bochechas, e ela não ousou chorar na minha frente.

E eu não ousei me mover.

— O caso precisou ficar um tempo parado porque, seis meses após a identificação de Walter Bing, o agente responsável pelo caso 5910967 morreu esquartejado, em sua própria casa, enquanto a namorada tinha saído para comprar o jantar. Eles haviam decidido morar juntos uma semana antes de Alex falecer. Ela tinha acabado de adquirir novos pratos, novos copos, novas toalhas e, de repente, o tapete novo que ela comprou para Alex, que combinaria perfeitamente com a cadeira de balanço que ele tanto gostava, estava tão sujo de sangue que a namorada não conseguiu assimilar. Ela sabia que no corpo humano havia uma quantidade razoável de sangue, mas, quando alguém é esquartejado, é simplesmente...

— Cahya...

Dei a volta no balcão, ficando perto dela. Quase a toquei, mas, em sua retração e dor, não pude me mover.

— Você não precisa me dizer.

Ela ignorou.

— Eu vi Alex esquartejado no chão, eu fui a namorada dos copos, dos pratos e do "vamos morar juntos". Eu disse para não pegar o caso, mas ele não me ouviu. Naquela noite, eu precisei ligar para o meu chefe e dizer que o agente Alexander

Tale Norris não era mais um agente, e sim uma das vítimas de Walter Bing. Eu fui afastada de qualquer chance de pegar aquele desgraçado e prendê-lo, porque fiquei envolvida emocionalmente com o caso. Terapias, estresse pós-traumático, tudo isso eu precisei abraçar e mergulhar na minha própria dor.

Meu Deus.

— Quando me liberaram e fui considerada apta a retornar, um ano depois, eu mergulhei no trabalho e resolvi mais casos do que qualquer outro agente. Consequentemente, fui indicada para pular algumas etapas e me tornar agente da Interpol. Com trinta e quatro anos, consegui mais do que pessoas com vinte anos de carreira conseguem.

— Cahya, eu sinto muito.

— Eu sei que levou mais de um minuto, Mark. Eu sei que só te pedi um minuto e isso rendeu boas horas, mas...

Cahya olhou para baixo e pegou minhas mãos. Ela testou as suas nas minhas, entrelaçando os dedos enquanto respirava fundo. Suas mãos estavam geladas, chocando com o calor das minhas, e senti uma conexão muito forte. Embora Cahya estivesse emocionada, sequer uma lágrima saiu dos seus olhos, não na minha frente.

Eu conhecia pessoas quebradas, eu mesmo era uma delas.

Cahya suspirou fundo antes de me encarar.

— Prometi a mim mesma que, se encontrasse qualquer caso que envolvesse psicopatia, resolveria e não sossegaria até concluir. Não achamos psicopatas em cada esquina, como os filmes policiais gostam tanto de criar. Então, Mark, por favor.

Se seus olhos pudessem pegar fogo, aquele seria o momento. Eu poderia dizer a Cahya que ela estava inapta a participar dessa missão. Eu poderia agradecê-la por ter me acolhido tão bem em seu apartamento, e dizer que ia embora para um hotel, concluir sozinho o que me propus a fazer.

Mas eu podia entender o que era ser jogado em um caso tão crítico; eu conseguia compreender o envolvimento emocional e pessoal de Cahya agora.

Uma pessoa que passou pelo inferno durante a vida era capaz de compreender o inferno pessoal de outro alguém.

Cahya precisava pegar Suzanne tanto quanto eu precisava.

Porque, em seus olhos, eu vi que a justiça não havia sido feita.

— Você tem certeza?

Aline Sant'Ana

Ainda segurando minhas mãos, Cahya me encarou bem nos olhos.

— Do que você precisa, Mark?

CAPÍTULO 7

If you're out of love
All you gotta do is say
Promise you won't make
Me wait around for nothing
Fading into grey

— Billy Lockett, "Fading Into Grey."

CAHYA

Dizer em voz alta o que passei não foi fácil. Não existe uma sensação de alívio, de se abrir para o outro e deixar que alguém escute o que te machuca. É só a vivência de experimentar a dor toda de novo e uma sensação sem fim de que você não fez o que tinha de ser feito.

Apesar de me machucar dizer, precisei fazê-lo, para que Mark fosse capaz de compreender que, agora, aquele caso não era só dele, mas meu também. Eu devia isso a Alex, devia isso a mim mesma, e Mark não argumentou. Ele fez o oposto disso. Mark me deu espaço e, quando me viu pegar os papéis pela segunda vez, se sentou do meu lado e ficou ali, estudando comigo o perfil de Suzanne Petersburg.

— Os copos, os pratos e as coisas unitárias... — comecei a falar, sem coragem de continuar.

— Você não quer ninguém na sua vida — concluiu. — Você disse que fez compras com Alex dessas coisas, e ele foi o último homem que pensou que dividiria um conjunto de porcelanas com você.

— Eu estou bem agora — sussurrei para Mark, às três da manhã, em uma pausa da investigação, quando ele me obrigou a comer frutas. Então, estávamos fazendo aquilo, enquanto Mark fixava sua atenção em meus olhos.

Ele levou uma uva até a boca e esperou engolir para continuar a falar.

— Você está bem, mas quase teve um ataque de pânico no hipermercado ao compreender que, pela primeira vez, depois de tanto tempo, tinha um homem chegando em sua vida e comprando canecas.

Ele abriu um sorriso triste.

— Foi a primeira vez que alguém comprou coisas para dividir comigo depois de... e eu percebi que, de repente, não estava mais sozinha. Sei que isso... entre nós... é profissional. Mas não pude deixar de pensar no momento em que, anos atrás, estava fazendo isso com outra pessoa.

Aline Sant'Ana

— É temporário, Cahya.

— Eu sei disso também.

Mark deslizou a mão na bancada até encontrar a minha. Era estranho como sua pele parecia sempre tão quente. Seus dedos não eram nada macios, mas duros e ásperos, assim como tudo em Mark. Eu observei aquilo. Pensei que, mesmo sendo uma agente, meus dedos eram mil vezes mais macios.

— Você não precisa fazer isso, se não quiser.

— Eu quero fazer, Mark, eu superei isso. Passei por todo o processo de luto, e Alex é uma lembrança de que eu preciso ser uma agente melhor.

— Estou dizendo que posso ir para um hotel e você pode ter apenas um prato, um copo e uma toalha.

Desviei os olhos dos dele para ver que, sobre a pia, estava tudo duplicado. Mark escolheu louças escuras, tudo preto. A caneca dele era preta, o prato oval também, assim como seu copo de vidro era em um tom igualmente escuro. Tudo que Mark pegou era oposto à minha delicadeza, mas pareceu certo ver aquele preto no branco.

— Eu estou bem.

— Então, não acha que está na hora de dormirmos?

Sorri para Mark.

— É inconclusivo o motivo de Suzanne ter vindo para Jacarta, mas você leu esse documento?

Isso fez Mark voltar a atenção para mim.

— Ela está sem dinheiro. Usou a herança dos avós para planejar tudo. Suzanne precisa de alguém influente, ela precisa de alguém para bancá-la.

— E Suzanne não está com o político que a ajudou a fugir. — Peguei os papéis. — É o idiota que a levou de Miami para o Chile, sem saber que haviam acabado de iniciar uma investigação contra ela? O candidato de oposição do pai de Lua Anderson, com quem Suzanne teve um caso?

— Sim.

— Suzanne não pode voltar para Miami. Ela precisa de um porto seguro. Ela conhece alguém em Jacarta, com dinheiro suficiente para fazê-la desaparecer.

— A pessoa daqui, seu contato, tem mais dinheiro do que um político de Miami — Mark pensou alto.

— Vou fazer uma lista dos nomes que sei de cabeça, mas tenho um contato que vai poder nos ajudar. Amanhã de manhã podemos verificar.

Uma missão por você

— É um tiro no escuro, mas é um começo.

Respirei fundo e coloquei uma mecha de cabelo atrás da orelha.

— Sei que você não me conhece muito bem, Cahya. — Quando Mark começou a falar, precisei olhá-lo. Ele estava com a expressão mais doce que já vi em seu rosto. — Sei que deve ser um pouco assustador contar para alguém que não conhece algo que preferia esquecer.

— Eu conheço você, Mark.

Ele estreitou o olhar.

— Você gosta de louças escuras, usa roupas mais comuns para se misturar com as pessoas, apesar de chamar toda a atenção do mundo com sua altura, músculos e tatuagens. Era um major, mas agora é segurança de uma banda que ama como se fossem seus irmãos. Mora em Miami, tem trinta e sete anos, é amigo de um cara legal como Stone. Sabe cozinhar, leva exatamente vinte e cinco minutos no banho, nem mais, nem menos. Acessa o celular a cada uma hora, porque está preocupado com seus amigos e se preocupa com uma mulher o suficiente para respeitar o espaço que ela te pediu.

— Cahya...

— Eu te conheço, Mark. — Me levantei e comecei a reunir os papéis sobre a bancada. Deixei-os organizados enquanto Mark pensava sobre o que eu disse. Me aproximei dele e, delicadamente, dei um beijo em sua careca. — Vamos dormir. Foi um dia maluco.

Comecei a me afastar, porém, antes de estar longe o suficiente, Mark me pegou pela ponta dos dedos. Foi suave, leve, mas o toque dele fez algo dentro de mim estremecer.

Seus olhos voltaram para os meus.

— Há mais coisas para descobrir.

Pisquei rapidinho, atenta ao que ele disse.

Mark me encarou com uma intensidade que... nenhum outro homem jamais... e eu me perdi naquelas íris, tentando entendê-lo.

— Por que está dizendo isso?

Como se saísse de um transe, Mark soltou meus dedos, desviou o olhar e sorriu para os papéis, e não para mim.

— Desculpe. Vamos dormir. Como você disse, foi um longo dia.

Respirei fundo.

Aline Sant'Ana

— Mark?

Ele, relutantemente, me olhou.

— Quando quiser que eu descubra sobre as coisas que ainda não disse, mesmo que seja temporário, eu estou aqui.

O tempo deve ter parado por cinco minutos inteiros até eu ter coragem de sair dali.

Mais uma vez, fui incapaz de pegar no sono.

CAPÍTULO 8

**You got me paralyzed
And I think I like it
Caught me by surprise
I'm not usually like this, no
Got me paralyzed
Don't think I can help it
Why's it feel so right?**

— *Steve Aoki feat Lauren Jauregui, "All Night".*

MARK

A lista que Cahya conseguiu do seu contato não deu em nada, porque era imensa. Os nomes iam de magnatas do petróleo até CEOs de empresas têxteis, como também nomes que estavam fora dos nossos registros. Eu poderia me sentir frustrado, era como procurar uma gota no oceano, mas Cahya estava com uma fé inabalável de que algo mágico ia acontecer.

Estava motivada, e nem sei como, já que aquela mulher mal dormia.

Por três dias seguidos, eu a escutei caminhando pelo apartamento, tentando fazer silêncio, mas meu sono era leve o bastante para perceber que algo estava errado. Isso automaticamente não me deu coragem de pregar os olhos, caso ela precisasse de mim. Estávamos em uma quinta-feira, e já havia passado das duas da manhã quando decidi levantar e ver o que Cahya estava fazendo na cozinha.

Assim que fiquei em pé, me arrependi de estar com os olhos abertos.

Ela estava de costas para mim, usando uma calcinha de renda amarela, que parecia um short curto, o suficiente para mostrar metade da bunda. Cahya estava com o braço esticado, pegando algo da parte de cima do armário, mas não pude focar naquilo, porque ela era tão gostosa que... *porra.*

A calcinha não cobria tudo, eu podia ver a parte inferior e deliciosa da sua bunda, e era o bastante para que eu não tivesse que secretamente imaginar. Completamente redonda, bronzeada, contrastando com a calcinha amarela, que abraçava tão bem a curvatura.

Senti vontade de chegar perto de Cahya, mas não perto o bastante para grudar nossos corpos, apenas para trocarmos temperatura e ela sentir o calor do meu peito. Minhas mãos iriam para onde a calcinha não alcançava, e eu apertaria de leve a pele macia, deliciosa e a parte redonda com a ponta dos dedos, enquanto

Aline Sant'Ana

abaixaria o rosto e respiraria em sua nuca, passando os lábios e deixando um beijo ali.

Esse seria o momento de segurar sua bunda com força.

Seria o momento de colar nossos corpos.

E talvez ouvi-la gemendo enquanto eu chupava seu pescoço.

Estava ótimo imaginar o que faria, até a fantasia cessar, porque Cahya fez algo que...

Deus, se você existe, não faz isso comigo.

Descobri que Cahya tinha duas covinhas na parte inferior das costas. Vi assim que ela se esticou mais e a regata branca subiu. Precisei respirar fundo, porque, em algum momento, prendi o ar nos meus pulmões. Vi as coxas dela logo abaixo da bunda, a panturrilha esticada por ter ficado na ponta dos pés, e meu sangue circulou mais rápido.

Tão rápido, que fiquei tonto.

Cahya se virou.

Não me movi.

— Ai, meu Deus! Que susto, Mark! — Ela riu, ficando de frente para mim, mas a uma distância segura o bastante para que eu não pudesse chegar até ela em segundos. Havia muitos passos entre nós, além da bancada da cozinha, e Cahya estava perto dos armários.

Era seguro.

Fiquei tão parado que mal respirei.

A regata de Cahya era branca e pude ver os bicos acesos, raspando no tecido. Eu queria descer o olhar, ver onde sua calcinha tocava, mas seria tão errado.

Engoli em seco e desviei a atenção para seus olhos, tentando recobrar a racionalidade.

Mas Cahya não estava olhando para os meus.

Sua atenção estava no meu peito nu. Estava com uma calça de moletom de cós baixo e sem cueca. Não foi intencional, eu só não pensei que... a gente se levantaria e veria um ao outro dessa forma. Geralmente, eu tomava banho antes de ela sair do quarto e, mesmo que Cahya zanzasse pelo apartamento, eu nunca levantei.

Não assim.

E eu conseguia sentir que meu corpo tinha respondido à visão de Cahya seminua. Estava ficando duro, tesão correndo pelo meu sangue, minha respiração brincando de se esconder, como se o ar estivesse rarefeito.

Ficamos em silêncio e, por mais cavalheiro que fosse, fui fraco. Desci a visão para sua barriga plana, coberta pela regata, parando na calcinha amarela que, na frente, era pouca coisa mais cavada que atrás. Eu podia ver que ela estava lisinha, e precisei me segurar como um touro vendo vermelho, porque eu não podia tocá-la.

Mas podia, com meus olhos.

Fantasiei todas as coisas que faria com ela se tivesse chance. E pude sentir as mãos de Cahya sobre meu tórax, traçando as tatuagens com as pontas das unhas. Por mais que ela não estivesse dizendo aquilo, eu consegui ver a vontade em seus olhos.

Cahya passou a ponta da língua no lábio inferior enquanto descia o olhar por todo o meu corpo, parando apenas por dois segundos em um lugar que estava dolorosamente pronto, se ela quisesse.

O que eu estava pensando?

Trabalhávamos juntos, tinha prazo de validade. Eu tinha que recuar, merda.

— Te assustei? — Minha voz saiu tão rouca e grave que decidi dar outro passo para trás, por segurança.

— Eu achei que estivesse dormindo. — Cahya cruzou os braços na frente dos seios, escondendo o que eu queria tocar com a língua. Respirei fundo mais uma vez. — Não ando com muito sono e...

— Está tensa porque quer resolver o caso, mas estamos andando em círculos ainda.

Assentiu.

— Vamos conseguir. — Ela ajeitou uma mecha do cabelo, colocando-a atrás da orelha. Quase pude sentir o seu perfume de lavanda, mesmo estando tão distante dela. — Eu acho que vou olhar algumas coisas sobre o meu caso, do Picasso, já que o sono não vem. Você quer me ajudar?

Abri os lábios para dizer algo, mas não pude.

Cahya ficou vermelha.

— Vou trocar de roupa, se quiser.

Respirei fundo.

— Sim, eu também vou.

— Tudo bem. Te encontro na bancada em cinco minutos.

Aline Sant'Ana

Ela saiu da cozinha, me dando uma boa visão da sua bunda; uma que eu não me esqueceria tão cedo.

Mordi meu lábio, punindo-me, porque eu poderia dizer que foi a primeira vez que vi Cahya como a mulher linda que ela era.

Mas estaria mentindo.

A cada dia que passava, eu via um pouco mais dela. Hoje, foi seu corpo quase nu. Mas, nos dias anteriores a isso, foram seus olhos e sua personalidade.

Ela me atraía da mesma forma que um alpinista sente vontade de escalar a maior montanha do mundo. Mesmo sabendo que era pela adrenalina, mesmo que soubesse que isso poderia causar a morte, só quer um pouco daquilo.

Faria a besteira de tocá-la, de senti-la e de desejá-la. Porra, eu era um major, sabia muito bem controlar os meus impulsos.

Teria que servir de alguma coisa.

Abaixei a calça do moletom, vesti uma cueca, uma calça jeans e a camiseta em menos de um minuto.

Quando Cahya retornou, eu sorri ao ver que ela optou por um vestido branco e bem fechado.

Era mais seguro assim.

— Bom dia, senhorita York.

Ela riu.

— Bom dia, major Murdock.

CAPÍTULO 9

We found each other
I helped you out of a broken place
You gave me comfort
But falling for you was my mistake

— The Weeknd, "Call Out My Name".

CAHYA

Comecei a falar em indonésio com um colega ao telefone, pedindo que ele passasse no sistema o rosto de Suzanne, em câmeras de segurança que a polícia tinha acesso. Qualquer compatibilidade já poderia nos levar a algum lugar. Eu e Mark adiantamos muito o caso de Picasso. Ele tinha uma mente fascinante. Mas, agora, precisávamos trabalhar no de Suzanne, antes que a polícia nos alcançasse.

A verdade é que tínhamos desvantagens por sermos da Interpol, porque não podíamos nos sobrepor aos sistemas legais de qualquer país, nem possuir um quadro próprio de policiais ao redor do mundo, mas tínhamos a vantagem de estarmos infiltrados, não importava qual a organização.

Éramos onipresentes.

E, para o caso do Mark, isso era simplesmente perfeito.

— Você consegue para mim? — indaguei.

— Vou ver o que posso fazer.

— É importante. E fora dos registros, ok?

Ele riu na linha.

— Sempre é, Cahya.

Enquanto estava no celular, senti os olhos de Mark em mim. Quando ele me via falando minha segunda língua, sua atenção redobrava. Já tinha percebido isso no mercado e agora... Tive que simplesmente olhá-lo enquanto aquele homem me observava. Assim que vi o calor em suas íris negras, me arrependi, porque conhecia bem a mim mesma para saber que, quando um homem agia assim, as coisas começavam a ficar complicadas.

Não para ele.

Para mim.

Com isso e o fato de ele ser tão gostoso sem camisa, sonhei com Mark assim

Aline Sant'Ana

que consegui pregar os olhos. Fora que ele tinha um volume quase sobre-humano, não era possível um homem ser tão...

— Ainda está aí, Cahya?

— Hum, estou. Quando acha que vai poder me ligar de volta?

— Amanhã te falo o que consegui.

— Obrigada. — A linha ficou muda logo em seguida.

Coloquei o celular sobre a mesinha e voltei meus olhos para Mark.

— O que fazemos agora?

— Esperamos — respondi a ele. — Amanhã devo receber notícias. Como já estamos no início da tarde, vai passar rapidinho.

— Vamos só esperar, então. — Mark sorriu. — Vou ligar para a Keziah. Já volto.

Acabei descobrindo sobre todos os amigos de Mark. Ele me contou quem era quem, quem se relacionava com quem, e passamos a manhã conversando sobre isso. Por mais estranho que pudesse parecer, enquanto Mark falava sobre eles, era como se eu já os conhecesse. Mark colocou uma música da The M's para tocar, me apresentando à voz das pessoas que faziam parte da sua vida. Fechei os olhos... e senti. Eles eram incríveis mesmo, e eu entendia sua razão de amá-los.

Mark voltou e ficou em pé na sala, me encarando.

— Estamos perto do Natal. Você comemora? — Mark pareceu inseguro por alguma razão.

Abri um sorriso para ele.

— Você quer a resposta longa ou a curta?

— Longa.

— Eu comemorava quando era pequena. Meu pai era americano e católico. Mamãe, indonésia e budista. O Natal, na verdade, é um evento cristão, mas mamãe sempre montava a árvore, fazia a ceia e se sentava conosco. Enquanto meu pai agradecia o nascimento de Jesus, mamãe passava ensinamentos sobre nossa evolução espiritual. Era muito bom cada um ter seu momento, porque me fez aprender e respeitar as pessoas.

— E você lembra dos ensinamentos dela? — Mark se sentou ao meu lado. Em seus olhos, percebi que ele havia entendido a razão de usar verbos no passado.

Minha mente viajou no tempo.

— Ela dizia todo ano a mesma coisa, mas se tornou um mantra para mim.

Sempre que me sinto insegura quanto ao caminho que estou percorrendo, me lembro que existe uma força maior.

— Quer compartilhar comigo?

Sorri.

— Ela começava dizendo: o verdadeiro presente que temos nesse Natal é a troca das nossas experiências espirituais. Esse momento e, não só hoje, como em todos os dias de nossas vidas, para pensarmos no que queremos. Sermos pessoas melhores do que fomos ontem e anteontem, como primeiro passo. Precisamos enfraquecer nosso egoísmo e nossa vontade própria, e buscar as necessidades, felicidade e liberdade dos outros. Temos que fortalecer e aumentar nosso altruísmo, desejando que nossa felicidade esteja diretamente ligada à felicidade de outro alguém. Somos seres únicos, responsáveis pela evolução de nossas almas. Mas precisamos entender que a energia funciona como um todo e, tudo que você é capaz de emanar para o universo é igualmente capaz de retornar para você. Que seja amor.

Mark piscou, como se tentasse absorver o ensinamento.

— Eu sei que é muita coisa, e é um pouco estranho...

Ele imediatamente se inclinou na poltrona, para ficar mais perto de mim.

— É perfeito, Cahya — sussurrou. — Sua mãe era sábia. Eu adoraria tê-la conhecido.

Senti uma emoção colorir meu peito.

— Ela era esplêndida.

Mark umedeceu a boca.

— Eu não conheci meus pais biológicos.

Assim que ele falou, senti o ar prender nos meus pulmões.

— Fui criado em um orfanato.

— Oh, Mark...

— Você quer a história longa ou a curta?

— Longa.

— Fui enviado do hospital para um centro de adoção. Pelo que me contaram, minha mãe era muito nova e não quis a responsabilidade. Bem, não guardo rancor. No orfanato, fiquei pulando de casa em casa, me adaptando a todas as famílias que me acolhessem, embora nunca ninguém, de verdade, me quisesse. Eu sempre achava que aquela seria a família que me adotaria, que aquelas pessoas me receberiam em suas casas, mas a vida sempre dava uma reviravolta

Aline Sant'Ana

e me colocava de volta naquele lugar. Não era um ambiente ruim, porque todos do orfanato me tratavam com amor, não cresci amargo, sabe? Enfim, quando alcancei a maioridade, me alistei no exército e, dessa forma, soube que aquele era o meu lugar.

— Por escolha?

Mark sequer piscou.

— Eu quis ajudar as pessoas. Foi uma escolha.

Me senti, por um segundo, culpada por ter tido uma família, por mais que isso não fizesse nenhum sentido.

— Nunca comemorei o Natal. Mesmo quando pulava de casa em casa, com famílias que me testavam para ver se eu seria um bom filho para eles, nem nessas datas eu comemorei o Natal. É por isso que eu quis saber se você fazia questão, porque... eu não sei o que fazer nessas datas — Mark concluiu.

Imediatamente, peguei sua mão, tocando-a e sentindo a aspereza dos seus dedos.

— Você se sente desconfortável com o Natal?

— Não. — Sua voz ficou rouca, e ele baixou os olhos para onde nossas mãos estavam. — É que a senhorita Hastings perguntou se estou aproveitando minhas férias, se vou passar o Natal com alguém. Eu não pude dizer que estou aqui. Foi estranho esconder dela.

— Você sabe que ela é sua amiga, e não só sua chefe, Mark.

— Ainda assim, eu a trato dessa forma, porque não posso cortar os laços profissionais.

— Você acha que se chamá-la de Kizzie e disser a verdade... ela vai te demitir?

Ele sorriu.

— Não. Mas ela vai se apegar a mim. E não quero que isso aconteça, caso um dia eu tenha que levar um tiro para salvar uma vida. Ou sacar uma arma para defendê-los. Eles não podem... gostar de quem eu sou.

Respirei fundo.

— E eu, Mark? Posso gostar um pouquinho de quem você é?

Ele desviou os olhos das nossas mãos unidas para encarar os meus. Aqueles pontos negros ficaram um pouco mais claros quando o sol bateu em seu rosto. Vi, enquanto ele pensava, o ponto alto de sua garganta subir e descer. Fiquei hipnotizada por longos segundos, admirando também as tatuagens que abraçavam seu pescoço.

Uma missão por você

— Quanto? — Sorriu de lado.

Era temporário. Ele dividiria a vida comigo, os sonhos dele comigo, seus medos, seu passado e presente.

O perfume masculino já estava se misturando ao meu nos cômodos do apartamento. A caneca dele estava sobre a pia. E era gritante a verdade: hoje, eu não estava sozinha. Mas o futuro era ambíguo, porque ele sumiria depois, como se nunca tivesse sequer pisado aqui.

— De zero a dez: um.

Ele soltou uma risada suave e rouca.

— Um parece bom para mim.

Se eu gostasse só um de uma escala de zero a dez, talvez não sofresse quando ele fosse embora. Eu conseguiria levá-lo ao aeroporto, lidaria com Mark como se fosse um colega temporário de trabalho. Eu fui treinada para fazer missões com agentes que poderiam ir embora a qualquer momento. Fui treinada para não me apegar às pessoas.

O problema é que eu me sentia uma mentirosa, como quando perguntamos a um alcoólatra quantas doses ele bebeu da última vez. Respondem que beberam uma, duas. Quando, na verdade, é cinco vezes esse número.

Respirei fundo, afastando os pensamentos.

— Eu acho que preciso te levar a um lugar, Mark.

Uma missão por você

CAPÍTULO 10

Don't you know, you're taking me further
To places I've never been
Don't you know, I'm nothing without you
Oh, you know I can't survive
Oh, you're showing me an adventure
Oh, you make me feel alive

— Consoul Trainin', "Take Me To Infinity".

MARK

Imaginei que fosse me arrastar para um shopping, ou para distrairmos a mente em uma festa, mas ela fez algumas ligações, falando em indonésio, sem que eu conseguisse compreender nada. Entre um telefonema e outro, Cahya me passou instruções.

— Leve roupas de banho, toalhas e algumas peças de roupa.

— Vamos voltar amanhã?

— Sim. — Ela sorriu. — Amanhã à tarde estaremos de volta. Eu vou tentar correr para ver se consigo te apresentar a uma coisa.

— O quê?

Ela desviou o olhar do meu e continuou a falar em indonésio. Quando a ligação acabou, Cahya desceu os olhos por mim, admirando as calças jeans.

— Espero que você tenha bermuda.

Ergui a sobrancelha.

— Eu tenho, mas...

— Temos trinta minutos para pegarmos nossas coisas. Corre, Mark! — Ela saiu pelo apartamento, enfiando tudo o que podia dentro de uma imensa mochila.

Hora de se mexer.

O vento forte me fez colocar a mão sobre os olhos e baixar a cabeça. O som alto me lembrou de uma época em que era comum viajar dessa forma.

— Meu Deus, Cahya!

Aline Sant'Ana

Ela começou a rir.

— Como você conseguiu um helicóptero?

Cahya deu de ombros.

— Eu nem sabia que tinha um heliporto no seu prédio! — acrescentei.

— Há muitas coisas que não sabe ainda sobre mim, major Murdock. Agora, quando o helicóptero pousar, você entra comigo e não faz perguntas — gritou em resposta, para ser ouvida acima do som.

Cahya estava com um vestido vermelho-sangue solto, tentando segurar a saia para não voar. Ela parecia a própria Marilyn Monroe em uma versão mais sexy. Porra, os cabelos dela estavam voando com o vento, e eu comecei a ver tudo em câmera lenta, porque precisava me agarrar àquele segundo. Exatamente o instante em que sua boca vermelha de batom se entreabria e seus cabelos serpenteavam em seu rosto, o vestido subindo como se quisesse me deixar ver aquele corpo mais uma vez, só mais uma... e, então, ela me olhou.

Cahya abriu um sorriso.

Os olhos dela sorriram junto.

Senti um frio na barriga e meu coração atrasou uma batida.

— Vamos, Mark! — Se aproximou do helicóptero e deu a mão para um homem que a auxiliou. Já ali em cima, com os cabelos completamente loucos e um sorriso de adrenalina pura, eu acho que... — Vem logo!

Antes que pudesse pensar sobre o que estava sentindo, ignorei a mão do cara e subi em um segundo. A porta se fechou. Colocamos os fones de ouvido para conseguirmos nos comunicar. O helicóptero levantou voo. Cahya ainda estava sorrindo, agarrada à mochila dela, com a sensação de que havia me surpreendido e feito algo mágico por mim.

Na real, ela não precisava me dizer para onde estávamos indo.

Ela não precisava ter chamado um helicóptero e ter subido nele como se fizesse isso todos os dias.

Só aquele vestido vermelho e o batom, só o vento em seus cabelos, só a maneira que Cahya sorriu, já foi o suficiente.

Eu era um idiota.

Tentei respirar fundo, controlar o que eu sabia que meu coração estava gritando. Mantive-me propositalmente afastado, observando a visão surreal das ilhas de Jacarta, pensando sobre onde Cahya estava pretendendo me levar. Estávamos sobrevoando toda a cidade, indo cada vez mais longe, cada vez mais alto.

Um longo tempo se passou, até que Cahya me buscasse perdido entre os pensamentos.

— Momentos antes de aterrissar no aeroporto, você viu várias ilhazinhas, não é?

Aquele era um assunto que eu poderia lidar.

— Ah, sim. Vi várias. — Olhei para Cahya, segurando meu lábio inferior entre os dentes, disposto a não dizer nada que pudesse estragar o dia. — Sei que Jacarta tem inúmeras ilhas.

— Então, um dos conjuntos é o arquipélago de Pulau Seribu, onde tem tantas palmeiras, praias e barreiras de corais que chega a ser uma afronta para o resto do mundo. É para lá que estamos indo.

Ergui a sobrancelha.

— Sério?

— O pôr do sol de lá me faz sentir acolhida, amada, e que o meu trabalho vale a pena. Depois que me disse sobre sua vida, sobre suas escolhas, eu só quero que você seja capaz de sentir a mesma coisa.

— Cahya...

— Chamado de *Thousand Islands*, Mil Ilhas, costumeiramente. — Ela desviou os olhos dos meus e apontou para a janela. — Olha a beleza dessa vista.

Não desviei os olhos para a janela. Deixei-os fixos em Cahya, e meu coração fez aquela besteira de errar a batida mais uma vez.

— Realmente, é uma bela vista.

Usamos o Porto Marina Ancol e alugamos uma lancha para passarmos um tempo na Ilha Kotok, uma das inúmeras do arquipélago Mil Ilhas. Cahya havia me dito que sabia tudo sobre lá e, como só passaríamos uma noite e o início de um dia, deixei que ela guiasse. Cahya também sabia pilotar uma lancha, ou seja lá o que fosse... Eu fiquei observando aquela mulher tão independente e segura de si mesma manusear um transporte náutico como se ele não pesasse toneladas e como se ela fizesse isso sempre após o café da manhã.

— Não vamos chegar a tempo, então, vou desligar o motor. — De repente, paramos. A lancha ficou flutuando no mar, sem ser guiada. Estávamos perto o suficiente da ilha, mas, pelo visto, não para o que Cahya desejava que eu fosse capaz de ver. Ela se afastou do volante e se aproximou de mim, até ficar sentada ao meu lado. — O pôr do sol deve acontecer a qualquer momento.

Eu era capaz de ver onde o sol iria se pôr. Era atrás de uma elevação da ilha, não alta o suficiente para ser considerada uma montanha, mas grande o bastante para esconder o sol. E, em seguida, ele beijaria o mar.

Parei um segundo para realmente observar tudo à minha volta. A água cristalina misturada a verde e azul, os peixes nadando sob nós, os golfinhos exibidos, a areia, longe o suficiente, mas próxima a ponto de eu ver sua cor suave. O sol nos tocava, aquecendo minha pele. Eu pude senti-lo pelo corpo todo. Inspirei o ar, o cheiro salgado do mar, o som das ondas batendo no casco, a respiração de Cahya...

Não era apenas o cenário.

Era tudo.

Ficamos em silêncio durante o processo, enquanto minha mente ficava vazia. Assisti ao pôr do sol mais celestial que já vi na vida. Era como se Deus tivesse acabado de criar um quadro em movimento e mostrasse seu talento. Não sei quanto tempo durou, mas foi o suficiente para a paz reinar. Fazia anos que não me sentia assim, talvez nunca tivesse me sentido dessa forma de verdade.

Também não me lembro da última vez que parei para assistir ao sol se pôr.

Quando terminou, Cahya ligou o motor e nos ancorou próximos a uma espécie de trapiche de madeira que se estendia por boa parte da orla. Havia anoitecido, e não podíamos ver nada além do que as chamas das tochas fincadas na praia nos mostravam. Cahya estendeu a mão para mim, guiando-me por entre as árvores fixadas em grama e areia. Eu nunca tinha visto nada como isso. A mistura perfeita do campo com a praia. Chegamos a uma espécie de cabana que ficava sobre a água. Observei a estrutura, e Cahya balançou a chave para mim.

— Você pensou em tudo?

Ela sorriu.

— Essa é minha. Toda vez que quero um tempo para pensar, venho aqui. Alugo todos os dias, porque nunca sei quando vou precisar fugir. — Cahya abriu a porta e acendeu as luzes. Era um ambiente pequeno, com uma cama de casal, um banheiro simples e uma vista espetacular. Admirei todas as estrelas no céu e uma lua cheia tão imensa, que pensei que aquele era um lugar privilegiado.

Encarei Cahya.

— Por que está fazendo isso?

Ela passou a ponta da língua no lábio inferior e fixou os olhos lindos nos meus.

— Amanhã vamos começar oficialmente as investigações. Não vamos ter tempo de aproveitar a Indonésia. Você está em outro país, Mark. Não pensou que poderia, ao menos, pegar uma praia? Sei que veio a trabalho e que temos muitas coisas para fazer e que isso nos sufoca, mas uma noite e o início de uma manhã não vão matar. Fora que o pôr do sol...

Enfiei as mãos nos bolsos frontais da bermuda e olhei para o chão.

Não conseguia raciocinar com Cahya me observando daquele jeito.

Eu não confiava em mim mesmo para manter-me longe o suficiente.

Eu vou te machucar, Cahya.

— São algumas horas só, acho que... tudo bem.

Escutei os passos de Cahya. Senti-a se aproximar de mim. Mas Cahya não me tocou. Ela só queria que eu a olhasse.

Então, fiz isso.

Respirei fundo e tensionei o maxilar.

— Você está bem?

Poderia dizer que estar perto dela era como queimar no inferno, para em seguida ser abraçado pelas nuvens do paraíso.

Mas Cahya não entenderia.

Ah, merda.

— Estou ótimo. De verdade. Isso que você fez... é a primeira vez que alguém...

— Faz uma surpresa para você?

Sorri, me sentindo meio idiota por ela ter percebido.

— Hum, acho que é.

Cahya não respondeu. Me chamou para ficarmos na espécie de varanda, que dava direto sobre o mar e podíamos ver as estrelas e a lua com ainda mais nitidez. Ao invés de usarmos as poltronas, sentamos no chão.

— Deita, Mark.

Eu conseguia enxergá-la graças ao reflexo da lua e da luz amarelada de dentro do quarto.

— Deitar?

— Sim.

Ela deslizou seu corpo até deitar no chão. E bateu com a palma da mão na madeira, para que eu a acompanhasse. Respondi ao que Cahya pediu, deitando-me e me aconchegando ali, por mais que fosse duro pra caralho.

Aline Sant'Ana

E, então, eu entendi.

Éramos só nós e as estrelas numa escuridão surreal. Nada a nossa volta tinha importância, só o céu estrelado e um universo de possibilidades. Sob nós, o som das ondas me deu um arrepio. O conjunto era de tirar o fôlego.

Cahya buscou minha mão.

Entrelaçamos os dedos.

Era uma coisa tão suave para duas pessoas que viveram um inferno. Um gesto tão idiota e até infantil, perto do que já presenciamos. Cahya tinha se machucado, enfrentando a morte de alguém que ela amava de forma brutal e injusta. Eu tive missões das quais não me orgulhava, e carregava a culpa nos ombros por não ter sido capaz de salvar Shane, por não ter visto o que estava bem na minha cara.

Éramos quebrados, fodidos e injustiçados.

Mas estávamos de mãos dadas, olhando as estrelas, como se fôssemos capazes de sermos humanos de novo.

Como se houvesse uma chance.

— Você acha que a gente consegue, Cahya?

Ela virou o rosto para me olhar e eu fiz o mesmo.

Cahya estava sorrindo.

— Conseguir o quê?

— Sermos normais. Passarmos por todas essas merdas e simplesmente...

— Eu acho que, se enfrentamos coisas que outras pessoas não vivenciaram e estamos vivos e de pé, significa que somos especiais.

Ri.

— Sério?

— É, acredito de verdade nisso.

— Então, vamos conseguir.

— Claro que vamos, Mark. Stone te mandou aqui por um motivo. Acho que precisamos, de alguma forma, nos tornarmos especiais juntos.

— Nada é por acaso, Cahya?

Ela voltou a olhar para as estrelas.

— Nada é por acaso.

Não sei quanto tempo passou até que um vento gelado começou a nos cobrir. Cahya se levantou e me puxou junto a ela. Comecei a sentir um nervosismo quando voltamos para o quarto pequeno, sem um sofá que eu pudesse me deitar, e eu travei o maxilar quando pousei os olhos em Cahya mais uma vez.

A luz amarelada tocava sua pele, como se estivéssemos à luz de velas. O vestido vermelho ainda está ali, assim como o batom que eu fantasiei secretamente borrá-lo em sua boca. Estava cedo demais para ficarmos presos em um quarto, e tarde demais para aproveitarmos a praia. Éramos só nós dois, no meio do nada, sobre as águas, em um céu cheio de estrelas. Fiquei observando Cahya, estudando seu comportamento, e só percebi que ela estava um pouco insegura quando colocou duas vezes a mecha de cabelo liso atrás da orelha.

— Você quer ver alguma coisa na televisão?

Em seu apartamento, foi indiretamente delimitada uma área. Eu ficava com a sala, ela, com o quarto. Nos encontrávamos, é claro, fazíamos as refeições juntos. Mas havia vários lugares para se esconder. Ali, estávamos presos em um só cômodo, por longas horas, enquanto eu não confiava em mim mesmo para ficar longe o suficiente de Cahya.

— Você me quer onde? — questionei, a voz falhando e rouca demais para que Cahya não percebesse. Comecei a sentir um calor infernal e fui até as janelas, abrindo todas elas.

— Bom, não tem muito lugar... a televisão fica presa na parede e direcionada para a cama.

Respirei fundo e fechei os olhos.

— Tudo bem. — Virei-me para Cahya. Os olhos dela estavam fixos em mim. — Se importa se eu tirar a camiseta?

— Hum, não.

Segurei as bordas em um x e puxei-a, desvirando-a logo em seguida. Dobrei-a e deixei sobre a minha mochila.

Cahya ficou encarando fixamente a camiseta.

— Você dobra tão bonitinho.

Sorri e fui me aproximando da cama. Cahya não tinha deitado ainda. Então, tirei os sapatos e simplesmente me deitei confortavelmente.

Cahya não tinha me olhado ainda.

— Você vai ter que deitar, se quiser ver TV comigo.

— Ah, eu sei.

— E talvez olhar para mim.

Ela riu.

— É, eu sei.

— Cahya?

Isso a fez finalmente me olhar. Aqueles olhos expressivos diziam mais do que qualquer palavra que pudesse sair de sua boca. Como se tivessem mãos e voz, eles me tocaram e falaram em alto e bom som o quanto eu estar sem camisa perto dela a afetava.

Apoiei uma mão sobre a barriga e puxei com a esquerda o controle remoto.

Liguei a TV.

— Está passando *Esposa de Mentirinha* — avisei a ela.

Não olhei para Cahya quando senti seu peso afundar o colchão. A cama era de casal, mas não grande o bastante para que não nos tocássemos. Meu cotovelo encostava em alguma parte da sua cintura, porque estávamos mais sentados do que deitados. Nossos braços estavam conectados e o perfume de Cahya, aquele cheiro de lavanda, veio tão forte que senti um frio na barriga. A pele dela estava fria, em contraste à fervura da minha. O tecido do vestido dela causou cócegas na minha barriga quando um vento da janela o trouxe para mim.

Fechei os olhos.

— Eu adoro esse filme — Cahya sussurrou.

Fiquei em silêncio e abri um sorriso.

— Então, vamos vê-lo.

CAPÍTULO 11

I never met nobody
Who sees the stars the way you do
Nobody that can love me
When I'm stumbling 'round the room
You put your hands on my body
And you give me that room
And I know that you got me
When I'm falling into you

— *Cheat Codes feat Kiiara, "Put Me Back Together".*

CAHYA

Mark quase não dormiu. Pude sentir isso pela quantidade de vezes que ele levantou e deitou ao meu lado no colchão. A insônia que também tive não foi por culpa dessa movimentação, foi pura e simplesmente porque meu cérebro passou a noite inteira criando fantasias de como seria beijar Mark, de como seria sentir aquele corpo nas palmas das minhas mãos, de como seria puxar devagar a bermuda, enquanto abaixava a cueca, chupando seu pescoço salgado e enfiando minhas mãos...

Uma onda veio e tocou meus pés, acordando-me da fantasia.

Ah, eu estava fantasiando de novo.

Excelente.

— Isso aqui é sempre calmo assim? — Mark deitou ao meu lado, sobre a toalha de praia que eu trouxe para ele. Sequer desviou os olhos para mim, mas eu era bem mais fraca.

E dei graças a Deus por estar de óculos escuros.

Sua pele já era naturalmente bronzeada, mas agora ela estava brilhando para mim. Eu podia ver as gotinhas minúsculas do suor de Mark deslizando da pele e escorregando por ela. Para me ajudar mais um pouco, ele estava com uma sunga, no estilo das cuecas boxers, em um verde-militar que casava tão bem com sua personalidade como com todo o resto. E meus olhos desceram para lá.

É...

Mark não estava excitado, era visível que não, mas, ainda assim, era possível ver que, mesmo relaxado, seu membro era grande o suficiente para causar inveja

Aline Sant'Ana

nos homens que não conseguiam aquele comprimento nem quando estavam duros.

Subi os olhos um pouquinho, arrepiada por ele.

Havia um declive profundo na sua entrada abdominal, que descia e parava na sunga verde, levando a uma estrada de finos e poucos pelos que subiam e iam até seu peitoral. Tatuagens abraçavam as laterais da barriga de Mark, indo até as costelas, conectadas como se fossem um ramo de galhos que subiam e pairavam em seu peito, cobrindo metade do pescoço. Os braços de Mark também eram tatuados, todas aquelas figuras conectadas de alguma forma, e sem qualquer cor. Era simplesmente preto, com sombras e traços finos, abraçando Mark como se o envolvessem.

Suas coxas também eram tatuadas, mas não pude enxergá-las tão bem quanto a parte de cima dele, que estava deitada ao meu lado.

O que me fez lembrar que ele tinha me feito uma pergunta.

— Curtiu a viagem, Cahya?

Pisquei.

— Como?

— A viagem que fez pelo meu corpo. — Abriu um sorriso largo, sem me olhar.

— Como sabia que eu estava te olhando?

— Seus olhos são especiais. Eu consigo senti-los sobre mim. — A voz de Mark foi ficando rouca.

Com o coração acelerado, desviei os olhos dele e direcionei-os para o mar.

— Estava curiosa com as tatuagens.

— Quer saber a história delas?

— Se você se sentir confortável para me dizer...

— Não tem muito segredo. Cada vez que eu voltava de uma missão importante e tinha chance, fazia uma tatuagem nova. Quis tatuar quem eu era, para jamais esquecer. — Mark se sentou e isso me fez virar a atenção para ele.

Ele tinha medo de ir e não voltar como foi.

Tinha medo de se perder de si mesmo.

Meu coração se apertou um pouco.

— Eu gosto de jogar dardos. — Então, Mark apontou para uma, de sua costela. Era uma tatuagem do alvo com um dardo bem no meio.

Caramba.

— Gosto de música clássica. — Ele desviou o dedo para uma ao lado da anterior, que tinha a imagem de um violino. — Curto assistir ao Animal Planet. — Mark indicou a tatuagem que subia para o seu peito, de um leão lindíssimo. — Sou fanático por escalada. — Tinha uma montanha logo ao lado do leão. — A parte favorita do meu dia é a noite. — Do outro lado do peito de Mark, havia uma floresta com um luar incrível e um céu estrelado. — Minha fruta favorita. — Mark indicou um par de cerejas que estavam em sua clavícula.

Ele sorriu para mim.

— Tenho cerca de vinte e cinco tatuagens. Apesar de já ter feito centenas de missões.

Comecei a correr os olhos pelo corpo dele, contando. Sabia que tinha duas grandes nas costas. Contei o que tive a chance de ver. Braços, peito, costela, barriga...

— Só consigo ver vinte e quatro.

A respiração de Mark ficou densa.

— Ah, eu sei.

Pisquei, sem entender.

— Tenho uma que fica bem embaixo, na virilha. — Mark passou a ponta da língua no lábio inferior. E sorriu. — Você não me viu sem cueca.

Oh...

Senti meu corpo aquecendo, e não foi do sol.

Claro que agora eu começaria a imaginar o que é. Imaginar, além da tatuagem, Mark completamente nu. E eu beijando a tatuagem, sugando sua pele para depois beijar outro lugar e...

— Viu? Sem segredos. Sou um livro aberto. — Deu de ombros.

Subitamente, senti vontade de pular nele. Uma vontade maluca e quase incontrolável de arrancar aquela sunga e tê-lo nu embaixo de mim, enquanto eu traçava com os dedos todas as suas tatuagens, ao mesmo tempo em que lia Mark Vance Murdock.

— Mais alguém sabe o significado delas?

— Não. Só você.

— Por quê?

— Eu fiz para mim mesmo. Nunca ninguém sentiu vontade de saber quem eu sou de verdade.

— Mark?

Ele se deitou novamente.

— Oi.

— Se você fosse um livro, eu devoraria cada página e de uma só vez. — Foi rápido. E só percebi o que eu disse quando Mark, em seguida, abriu um largo, sedutor e irresistível sorriso.

Congelei, mesmo na praia.

Ele estava de óculos escuros, o que me poupava de encarar seus olhos negros e quentes.

— Se você quiser ler essas tatuagens, ler quem eu sou, ler a minha alma, talvez descubra que gosta do que vê. E talvez vá querer ler de novo, e mais um pouco, com mais cautela do que da primeira vez. Eu não sou o tipo de homem que é devorado e, automaticamente, saciado. — Mark continuou me olhando fixamente e deu um sorriso de canto de boca. — Só uma vez? Não. Você não ia querer só isso e nem eu, sabendo que podemos mais.

Minha respiração acelerou e Mark foi deitando lentamente ao meu lado, como se não tivesse dito nada. Eu pude sentir a impulsividade dançando em minhas veias, lutando contra o racional.

Meu Deus, eu sabia que estava atraída por Mark, isso sem ele se esforçar. Por quanto tempo eu duraria se ele continuasse a dizer aquelas coisas?

— Me perdoe, Cahya.

— Pelo quê?

— Cruzei uma linha agora. — Mark pigarreou. — Não acontecerá de novo.

Suspirei fundo e ficamos um longo tempo em silêncio.

— É difícil, não é? — A voz dele soou baixa, rouca e perto demais para que eu o olhasse.

Então, fechei os olhos.

— É, Mark. Um pouco.

— Não vamos fazer isso.

— Não, claro que não.

— Apenas...

— Colegas de trabalho — completei.

— Perfeitamente. — Mark pausou. — Devo voltar ao senhorita York?

Comecei a rir.

— Não vai ser necessário.

Mesmo que não estivesse vendo-o, pude senti-lo sorrir.

— Uhum.

A situação constrangedora foi interrompida quando o celular de Mark tocou. Abri os olhos para vê-lo. Puxou o celular até a orelha, ainda deitado sobre a grande toalha de praia, e suspirou antes de atender.

— Fiquei me perguntando quando o senhor ligaria. — Mark abriu um sorriso. — Eu sei que você é mais novo do que eu. E é difícil chamá-lo de Shane, quando trato todos da mesma maneira e pelo sobrenome.

Escutei a voz masculina, grave e sedutora do outro lado da linha, embora não pudesse compreender o que dizia. Cacei mentalmente quem era Shane. *Ah, o baixista da banda!* O menino novo que foi induzido a uma overdose.

Tentei não ficar reparando, tentei não me intrometer, mas era difícil quando sabia que, para Mark, esse assunto o machucava.

— Como você está? — Mark pausou. Percebi que fazer essa pergunta custava algo a ele, porque o vi engolir em seco. — Quando vê-lo pessoalmente, te pedirei desculpas de forma apropriada.

Do outro lado da linha, escutei:

"Cala a porra da boca, Mark. Não foi culpa sua!"

Mark respirou fundo mais uma vez.

— Como estão as coisas aí? Está começando o pré-tratamento antes de viajar?

Shane ficou um bom tempo falando, enquanto Mark o ouvia. Percebi que ele precisou se segurar muito para não rir, mas o sorriso permaneceu em seu rosto o tempo inteiro. Eu podia ver o amor de Mark por essas pessoas. E me sentia incomodada quando ele falava com eles como se fossem tão superiores. Entendia a distância profissional, entendia que ele desejava que não se apegassem a ele.

Mas todos, eventualmente, se apegaram.

As batidas erráticas do meu coração se atrapalharam por inteiro quando Mark virou o rosto para mim, ainda sorrindo com Shane, embora eu pudesse ver o maxilar dele tenso de preocupação.

— Senhor D'Auvray, como teve coragem de jogar a sua psicóloga na piscina? — questionou, ainda me encarando e sorrindo. Pressionei os lábios para não rir.

Aline Sant'Ana

Então, Mark tirou os óculos escuros. Seus olhos negros estavam brilhando. Mark umedeceu a boca e manteve o celular na orelha. — Não gosta dela? Mas essa teoria é interessante. Acha que, por causa disso, ela vai parar de fazer perguntas difíceis? É a função dela.

Não aguentei.

Comecei a rir.

Tampei a boca.

— Sim, estou acompanhado — Mark soltou. — Uhum, ela é linda demais, senhor D'Auvray. E não, eu não estou dormindo com ela. — Mark pausou. — Eu deveria? — Ele sorriu. — Isso não é profissional, senhor D'Auvray.

Prendi a respiração.

— Quando irá para o resort? — Mark mudou de assunto. E desviou os olhos dos meus. O que foi ainda pior, porque ele focou a atenção nos meus lábios. — Que bom que está segurando as pontas. Quando viajar, vai ser ainda melhor.

A emoção tomou conta de todo o rosto de Mark. Ele desviou a atenção para o céu acima de nós. Em seguida, fechou os olhos.

— Senhor D'Auvray... você vai ficar bem, certo?

O sorriso se perdeu. O semblante inteiro de Mark ficou tenso. Eu quase me sentei para puxá-lo para um abraço, até me lembrar de que não deveria. Uma lágrima solitária desceu pelo canto do olho de Mark.

Ele tossiu para firmar a voz.

— Estarei em Miami, sim. — Parou de falar. — Perfeitamente. — Shane disse mais algumas coisas para Mark. — Te vejo em breve, senhor D'Auvray. Se cuide, por favor.

A ligação finalizou.

Mark abaixou o celular e, ainda deitado, escutei sua voz grave ser direcionada a mim.

— Eu estava lá quando tudo aconteceu...

Acredito que uma parte minha se quebrou enquanto ouviu tudo que Mark enfrentou na fatídica noite. Ele estava fazendo a segurança de Shane quando Suzanne colocou ecstasy na bebida do garoto, causando uma overdose.

Yan havia conversado com Mark, e ele tinha garantido ao baterista que tudo estava bem. Mark só percebeu quando já era tarde demais, no instante que o irmão de Shane, Zane, e Yan entraram no restaurante correndo, desesperados porque o garoto havia caído no chão, sofrendo as consequências de algo que Mark julgou que não aconteceria. Ele realmente acreditava ter sido fruto de sua pura negligência, e eu não sei se poderia tirar esse pensamento errado de sua cabeça.

Reconhecendo como funcionava a mente de pessoas como nós, sabia que falar para ele, prometer que tudo ficaria bem, não resolveria.

Quando perdi Alex, eu não quis conforto. A única coisa que desejei foi o que nunca tive: justiça.

Mas Mark, diferente de mim, podia fazer algo agora, ele tinha a chance de se redimir.

Às vezes, precisamos compreender que a vida, apesar de ser formada por nossas escolhas, muitas vezes erradas, é ainda capaz de nos dar uma segunda chance. Lá na frente, sempre haverá uma nova bifurcação e, dessa vez, então, podemos tomar o rumo certo.

Só precisamos nos manter na estrada.

E termos um pouco de fé.

— Mark — segurei sua mão, assim que ele concluiu a história —, chegou a hora de voltarmos para casa.

Uma missão por você

CAPÍTULO 12

Do you feel the same?
'Cause I fall, I fall for you
You caught me at my weakest
And I'll fall for you
— James Arthur, "At My Weakest".

MARK

O contato da senhorita York foi o caminho certo. Assim que voltamos para o apartamento de Cahya, descobrimos em uma ligação que ele havia encontrado o rosto de Suzanne em um restaurante caríssimo de Jacarta. Era uma reunião formal, aparentando muito ser relacionada a negócios. Tivemos auxílio de Stone nos dias que se seguiram e, fora dos registros, pude perceber que Cahya era igualmente influente.

Não sei se o sentimento era surpresa ou orgulho.

Sobre o caso, bem, tínhamos, pela primeira vez, um caminho sólido. Suzanne havia cortado o cabelo na altura do queixo e pintado de vermelho, além de manter a franja. Foi difícil reconhecê-la, mas não impossível. Estava claro que Suzanne tinha planos de passar desapercebida. O rosto dela, a essa altura, já estava espalhado pelo mundo, após o que fez com a The M's.

O que me fez pensar que, se havia arquitetado por anos um plano para se vingar de Yan, ela certamente tinha planos para dar continuidade a outras coisas. O disfarce era apenas uma ponte para algo maior. Eu e Cahya compramos um quadro branco grande e começamos a montar o caso de Suzanne nele. Colocamos a foto dela, as fotos das pessoas que estavam no jantar, bem como a linha do tempo dos acontecimentos.

— Ela tem ido às quintas-feiras a esse restaurante. Nas sextas, ela frequenta a boate X2 Equinox, que é um ambiente dividido; duas baladas em uma só. Mas parece que ela não tem ido por diversão. — Cahya colocou no quadro uma foto de Suzanne conversando com um homem no camarote. Para dar um clima de negócios, havia petiscos, bebidas caras e o semblante dos dois não era de um encontro casual. — Stone está investigando os amigos de Suzanne, mas já te antecipo que não são pessoas boas. Se fossem, estariam nos registros.

— Pessoas que sumiram do radar?

Cahya assentiu, cruzou os braços na altura dos seios e fixou os olhos no quadro.

Aline Sant'Ana

— Eu acho que podemos...

Parei de escutá-la porque simplesmente não pude evitar. Dancei a visão por aquela mulher. Usava uma calça jeans justa, me fazendo lembrar da visão deliciosa dela em um biquíni azul-céu, agarrado às suas curvas.

— E, se der certo, nós...

Porque, meu Deus, testei minha força de vontade naquele dia. Não enrosquei seus cabelos em meus dedos, não guiei meu rosto até sua boca tocar a minha. Escorreguei, é claro, e flertei com ela pela primeira vez de forma clara, mas em nenhum momento fiz o que tanto desejei.

Será que sua boca seria macia e suave, e sua língua ficaria bem quente quando girasse em torno da minha?

— Então, o que acha?

Respirei fundo.

— Acho ótimo.

— Sério?

— Aham.

Cahya pausou um segundo e desviou os olhos para mim.

— Você não ouviu uma palavra do que eu disse.

Sorri.

— Desculpa.

Cahya negou com a cabeça.

— Vamos para essa festa que Suzanne vai. — Em seguida, Cahya voltou os olhos expressivos para mim. — Você precisa deixar sua barba crescer um pouco mais, Mark. Acha que ela é capaz de te reconhecer?

— É possível.

— A festa é na próxima sexta-feira, o que nos dá um tempo para pensarmos em mais alguma coisa. — Cahya fez outra pausa. — Você acha que consegue vê-la sem pular no pescoço dela?

A pergunta me fez sorrir.

— Acredito que sim.

— Ah, ótimo.

Eu estava ainda dormindo na sala de Cahya, mantendo uma distância. Eu estava até mesmo evitando deixar o fascínio por ela interferir no trabalho. Mas a cada dia ficava mais difícil. Passava horas com Cahya, praticamente acordava e dormia pensando nela, vivendo ela.

Não sei se eu seria capaz de resistir por mais um dia, que dirá por semanas.

Aproximei-me do quadro, respirei fundo, e voltei a pensar no motivo que me levou até ali.

— Suzanne tem apresentado um padrão de comportamento, indo sempre ao restaurante e à boate. — Indiquei as fotografias. — Por que ela correria esse risco, de aparecer sempre pontual e religiosamente nesses ambientes, sabendo que poderia ser pega? Se a polícia chegasse ao ponto em que estamos agora, certamente poderia encontrá-la.

Ficamos em silêncio por um tempo, observando as opções.

— Não conseguiu o nome de ninguém até agora? — questionei.

— Nada mesmo. — Ela bufou. — Não conseguimos mapear todas as pessoas, também. Aparece apenas quem tem ligação com a Interpol. Nem todos os países têm. O que me leva a crer na possibilidade de serem...

— De outro país — concluí. — Coreia do Norte?

— Não parecem coreanos para mim. — Cahya apontou para os três homens que se reuniram com Suzanne no restaurante. — Mas esse pode ser. — Ela indicou a foto da festa.

— Não conseguimos ver a cara dele — murmurei. — É, Cahya, acho que vamos precisar ir mesmo a essa festa.

Cahya desviou os olhos para os meus, encarando meu rosto.

— Em cinco dias, tem certeza de que sua barba estará maior?

— Ela cresce bem rápido.

— Ah, espera!

Ela saiu correndo da sala e entrou no quarto. Esperei-a voltar e, assim que ela retornou, estava segurando uns óculos. Tinha uma armação grossa, retangular e bem nerd. Franzi a testa, e Cahya se aproximou de mim.

— Vou colocar em você. Não têm grau, é só um acessório mesmo.

— Eram seus?

Cahya fez um sinal com o dedo indicador para eu abaixar o rosto para ela, e segui sua instrução. Tive consciência da nossa proximidade. A respiração de hortelã dela, pelo creme dental, tocou alguma parte do meu rosto. Seus lábios estavam entreabertos, e Cahya foi encaixando com toda a calma a armação no meu rosto, enquanto eu não conseguia parar de alternar a atenção entre seus olhos e boca.

Aline Sant'Ana

Mordi o lábio, precisando muito me conter.

— Já usei para disfarces — ela explicou, em voz baixa.

Suas mãos saíram da armação e escorregaram para minhas orelhas e pescoço. Todo o caminho que Cahya percorreu com a ponta dos dedos formou um rastro de calor. Suas mãos deslizaram ainda mais. Do pescoço, vieram para meus ombros e, em seguida, para o meu peito. Se ela fosse capaz de sentir meu coração acelerado, se ela fosse capaz de me sentir...

Cahya vagueou seus olhos por todo o meu rosto, e eu dei um meio-passo à frente, o suficiente para cobrir o espaço que faltava entre nós. Questão de milímetros nos separavam.

— Você fica...

Ela não completou a frase.

— Eu fico o quê, senhorita York? — sussurrei, brincando com fogo.

Assisti, hipnotizado, sua boca brilhar após Cahya molhá-la com a pontinha da língua.

— Extremamente, absurdamente e estupidamente bem nesses óculos.

— São muitos advérbios.

— Você fica lindo. E eu geralmente fico ridícula. E é extremo, absurdo e estúpido você ficar tão gostoso assim.

— Você me acha gostoso? — Sorri de lado.

— Eu te acho muitas coisas.

As mãos dela ainda estavam no meu peito. Eu peguei uma delas e senti a suavidade da sua pele na minha palma tão áspera e ferrada. Levei, com muita delicadeza, o dorso de sua mão até minha boca. Encarando os olhos de Cahya, deixei que meus lábios tocassem a pele. Beijei lentamente, vendo os pelinhos de seu braço subirem, arrepiados.

— Estou tentando, Cahya — murmurei, contra sua mão.

— Talvez você devesse parar de tentar.

Fechei os olhos.

E, assim como ela se aproximou, Cahya foi me deixando devagar. Senti a ausência dela, e mantive minhas pálpebras bem fechadas até ser seguro abri-las.

Tê-la perto de mim era tão doloroso quanto vê-la partir.

E eu sabia que tinha Cahya agora. Na mesma proporção que era fácil reconhecer que não poderia tê-la para sempre.

CAPÍTULO 13

*All these vultures that surround you
They don't know a thing about you
You're so gorgeous
Cause you make me feel gorgeous*

— *X Ambassadors, "Gorgeous".*

CAHYA

— Você trouxe um homem para a minha casa, para a minha vida, e eu não estou conseguindo segurar a atração que sinto por ele.

Stone riu na linha.

— Você sabe muito bem que sexo sem compromisso não é a sua praia.

— Eu sei.

— E Mark vai embora.

— Obrigada por me lembrar disso.

— Só estou mostrando a raiz do problema.

Suspirei fundo.

— O que quer dizer com isso? Para de falar comigo como as cartomantes fazem! Ou os psicólogos! Mostrando várias coisas, sem me mostrar nada.

— Se você não enxerga ainda, é porque não está pronta para ver. Mas vai saber, assim que parar de lutar contra si mesma.

Mark abriu a porta do meu apartamento, com algo imenso jogado sobre seu ombro. Ele tinha saído, e foi por isso que decidi ligar para Stone e xingá-lo. Mas não deu muito certo, porque ele era como um pai para mim, e eu sabia que aquele homem queria que eu fosse feliz. Só não conseguia entender o que Stone estava querendo me dizer.

Senti minhas bochechas ficando vermelhas, torcendo para que Mark não tivesse escutado a conversa.

— Preciso desligar, Stone.

— Ele chegou?

— Positivo.

Stone riu.

Aline Sant'Ana

— Tenha uma ótima noite. — O desgraçado desligou na minha cara.

Respirei fundo.

Esta noite, nós iríamos para a tal balada que Suzanne frequentava. Eu sabia que era um ambiente completamente diferente. Tinha ido uma ou duas vezes. E era meio longe de casa. Mark saiu para comprar uma roupa para ele, e também...

— Eu trouxe uma rede, se não se importa. — Sorriu. — Vou instalar na sua varanda. Você tem uma caixa de ferramentas e uma furadeira?

— O quê?

— Eu pensei de comprar um colchão para mim, mas não é legal, porque, quando eu for embora, você não vai ter onde colocar. Uma rede, então. É algo bem temporário, e você pode tirá-la quando quiser.

— Você vai dormir na rede? — praticamente gritei.

— É. — Ele pausou. Vi a tensão cobri-lo por inteiro. — Nossa, desculpa... eu... comprei sem questionar se você se importaria.

— Mark!

Ele arregalou os olhos.

— O quê?

— Você pode dormir na minha cama. Uma rede vai ferrar a sua coluna — argumentei.

Mark ficou em silêncio.

— Eu passei vinte e três dias em uma cabana abandonada no interior dos Estados Unidos, dormindo em uma rede. — Sua voz saiu rouca. — Acho que vou ficar bem.

— Você dormiu em uma rede por quase um mês?

— Não posso falar. É confidencial.

Respirei fundo.

— Mark...

— Não posso dormir de novo ao seu lado, Cahya.

Ele começou a ir para a varanda.

— A caixa de ferramentas, por favor? — pediu, a voz grave, sem me encarar de frente.

Andei até ele e o vi se movimentar com a rede. Era preta, com alguns detalhes cinza. Simplesmente a cara dele. Mark tinha até comprado o maldito suporte.

— Podemos fazer uma barricada de travesseiros — ofereci. — Entre nós... eu posso colocar um edredom imenso também.

Mark riu, ainda sem me olhar. Tirou a rede do saco e começou a desdobrá-la.

— Uma barricada real e do exército não me impediu de atacar, Cahya. — Aí, então, ele me olhou. E foi somente naquele segundo que percebi o erro. Os olhos de Mark estavam pegando fogo. — O que te faz pensar que um monte de panos e algodões me parariam?

— Eu vou dizer não! — tentei de novo. *Ai, meu Deus. O que eu estava fazendo? Ele que se danasse com a coluna dele!* — Eu vou dizer que não quero.

— Você vai? — Mark me olhou de novo. A boca dele estava vermelha do calor que ele passou na rua. O suor brotando em sua pele.

Droga.

— Talvez eu não queira, talvez eu diga não.

— Aham.

— Mark, eu não vou deixar você dormir nessa droga de rede. A sala tá muito ruim, né?

— Eu gosto da paisagem da sua varanda.

Bufei.

— Eu não colocaria nem um cachorrinho para dormir na minha varanda. Você virá para a minha cama esta noite. Quando voltarmos da festa, vai dormir lá.

— Não vou.

— Mark!

— Não precisa gritar comigo, Cahya. Sou perfeitamente capaz de ouvi-la.

— Vou pegar a droga da furadeira, mas você...

Ele olhou para mim e abriu um sorriso.

— Eu o quê?

— Argh. Nada!

Entreguei a furadeira para Mark e fui tomar banho. Passei um bom tempo lá, porque aproveitei para fazer uma depilação completa, hidratar os cabelos e secá-los. Fui rapidinho e de toalha para o quarto, dando um grito de aviso para que Mark pudesse tomar seu banho. Olhei para o relógio, e estávamos atrasados. Eu ainda tinha que me maquiar e escolher uma roupa apropriada.

Encontrei no guarda-roupa um vestido marsala de tecido voal, que brincava entre o forro e a transparência da própria peça, misturada à renda. Era frente-

Aline Sant'Ana

única, muito justo em cima e bem cinturado pela renda, até descer e esvoaçar. Podia ser preso ao pescoço por uma corrente dourada, o que dava a impressão de que estava usando uma joia com ele. Era delicado, sexy e... a quem eu estava tentando enganar?

Óbvio que tinha escolhido por causa do Mark.

Respirei fundo e ignorei o pensamento acusatório. Peguei uma meia-calça na cor da minha pele e comecei a vesti-la, tentando ignorar a sensação de que esta noite... parecia muito com um encontro, embora estivéssemos indo a trabalho.

Escutei o chuveiro sendo ligado e me apressei para começar a me maquiar. Havia deixado o cabelo preso de um modo especial, após seco, para ter o efeito de ondas. Optei, na maquiagem, por uma sombra em tons de dourado e nude opaco, apostando muito nos cílios e no delineador, deixando a iluminação para as bochechas, pontinha do nariz e lábio superior. Nos lábios, decidi por um tom forte de marsala, o mesmo do vestido.

Me sentindo de bem comigo mesma, selecionei saltos altos nudes, de tiras, perfeitos para uma festa. Nina Ricci foi a minha escolha de perfume e, por fim, soltei os cabelos. Um segundo depois, ouvi uma batida na porta.

— Está pronta, Cahya? Precisamos pegar o carro ou vamos nos atrasar.

Levou um segundo, apenas isso, para eu fantasiar um cenário em que isso aconteceria todas as sextas-feiras. Mark batendo à porta, dizendo para pegarmos nosso carro, porque iríamos nos atrasar para qualquer coisa. Um cenário em que eu teria esse homem me apressando para um cinema, teatro ou até mesmo para uma festa.

Engoli em seco.

— Estou indo.

Precisei me recompor rapidamente. O que não adiantou porque, assim que abri a porta, o motivo das minhas fantasias estava lá. Senti os joelhos fraquejarem e meus pés vacilarem no salto. Me mantive firme, só que tudo em mim tinha se transformado em alguma coisa mole demais, e não sei como continuei em pé.

Nos últimos dias, Mark havia parado de aparar a barba, de deixá-la apenas por fazer, para permitir que crescesse alguns centímetros. Ele parecia ainda mais perigoso com ela, com cerca de um dedo de comprimento, cobrindo todo o maxilar e acima do lábio, preenchendo seu rosto de forma perfeita. O cabelo de Mark começara a crescer também, estava em um corte militar agora, e não mais completamente raspado. Era ainda bem curto, e eu imaginava que os fios castanhos espetariam meu dedo se eu o tocasse, mas, meu Deus, que tentador seria tocá-lo.

E havia seu corpo.

Mark vestiu uma camisa social roxa-escura no tipo *slim*, que agarrava cada saliência muscular sua. Ele havia deixado três botões abertos e puxado a manga até a altura dos cotovelos. Optou por uma calça jeans preta, igualmente justa, assim como sapatos sociais. O perfume dele, aquele cheiro de lima e carvalho, e de Mark, veio no instante em que abri a porta, e foi como se fechasse com chave de ouro a visão erótica que estava na minha frente.

Para piorar, Mark estava com os malditos óculos, e eu duvidava que ele não fosse assediado no segundo em que pisássemos na boate.

— Cahya... — sussurrou.

E só então percebi que seus olhos estavam zanzando por cada centímetro do meu corpo.

— Por que você faz isso comigo? — Vi o pomo de Adão dele subir e descer, engolindo devagar, quando finalmente voltou a visão para os meus olhos.

Dei um passo à frente.

— O que eu faço com você?

O ridículo era que Mark sequer me tocou. Ele não precisou. Nossas respirações estavam alteradas só de olharmos um para o outro.

Eu consegui me imaginar nua, arrancando a camisa dele, amassando-a toda nos meus dedos ávidos para senti-lo. Quase senti o beijo de Mark, dentro daquela súbita fantasia. A maneira que Mark me pegaria em seus braços, com força.

Não sei quanto tempo o silêncio pairou entre nós.

Mas foi o bastante para eu dar outro passo até Mark.

— Vamos? — Decidiu não me responder. A voz dele foi a única parte racional no transe.

— Vamos — sussurrei, nem sei como.

Caminhamos, com meus joelhos idiotamente bambos, e peguei a minha bolsa pequena, que seria perfeita para uma festa. Verifiquei os documentos, e não me preocupei em carregar uma arma. Eu sabia que Mark levaria a dele.

— Estou torcendo para não ter que matar ninguém esta noite, senhorita York.

Fiquei aliviada por ele ter mudado de assunto.

— Mark, você precisa me prometer que não vai pegar Suzanne até termos todas as evidências.

Aline Sant'Ana

— Eu prometo, mas não estava falando da Suzanne.

— Não?

Fomos para o elevador e as portas se fecharam. Senti nossos perfumes se misturando no pequeno espaço.

Virei a atenção para Mark.

Ele estava olhando fixamente para mim.

— Estou falando dos homens que olharem para você.

Prendi a respiração por cinco segundos.

— Você não vai precisar matar ninguém esta noite — respondi, séria.

Ele riu.

— É?

Foquei meus olhos em Mark.

E esperei que eles falassem com ele, assim como Mark dizia que os sentia.

— Não vou conseguir enxergar ninguém além de você, major Murdock.

Isso o fez sorrir, um sorriso egocêntrico e de vitória.

Mark tirou os olhos dos meus, ainda com aquele sorriso.

Acho que estou ferrada.

CAPÍTULO 14

But as long as you're here
Then I'm doing just fine
When you're away
You're still on my mind
Something 'bout your voice
When you're saying my name
Crazy kind of love, got me going cray, yeah

— *Cris Crab, Farruko e Kore, "Laurent Perrier".*

MARK

A boate estava agitada, com a música alta e surpreendentemente cheia. Esperei que Cahya me guiasse o caminho por dois motivos. Um: ela conhecia o lugar. Dois: as costas dela estavam de fora naquele vestido e sua pele parecia brilhar com as luzes coloridas. Levei a ponta dos dedos para lá, apoiando suas costas enquanto Cahya andava na minha frente. Ela parou por um segundo quando sentiu o contato e eu abri um sorriso. Depois, Cahya continuou a andar.

Aquela mulher, sendo além do que eu merecia, disse que só teria olhos para mim naquela noite. E eu estava trabalhando muito duro para ser um cavalheiro, para não ferrar nossos sentimentos, para não tornar a inevitável despedida uma situação dolorosa.

Eu não podia fazer isso conosco.

Cahya parou de andar e suas costas bateram no meu peito. Inspirei o perfume dela, com um toque suave de maçã, e fechei os olhos. Cahya recostou a cabeça no meu peito e passei a ponta dos dedos em seus braços, perdido por ela.

Ela virou o rosto para cima, e eu abaixei o meu o suficiente para que Cahya alcançasse meu ouvido. Seus lábios rasparam no meu lóbulo.

— Suzanne está no camarote. Às doze horas. Não podemos chegar aqui e ir direto até ela, então, dança comigo, Mark.

Olhei para o local indicado por Cahya e vi Suzanne. Meu maxilar travou e senti a raiva borbulhar no meu sangue.

— Não sei dançar.

Cahya pareceu perceber a minha tensão.

— Você prometeu que não ia pular no pescoço dela.

Aline Sant'Ana

— Não vou.

— Então, me escute.

Suspirei.

— Está sentindo a batida da música?

Era quente como uma visita ao inferno. Um samba house bom demais para que eu pudesse controlar minhas mãos, se Cahya começasse a rebolar no ritmo da música.

— Sim.

— Eu adoro. O nome é *Laurent Perrier*. Mas isso não importa. Agora, sinta-a no seu corpo. — Cahya jogou as mãos para trás e tocou meu pescoço. Em seguida, seu quadril foi para um lado e para o outro, ondulando em mim. — Relaxa, Mark.

Rosnei.

— Como vou relaxar se você está fazendo isso colada em mim?

Cahya riu e se virou. Os olhos dela estavam ainda mais bonitos com a maquiagem; como se estivessem preparados para causar amor instantâneo em qualquer um. Ah, porra. Ela não estava facilitando, não é?

Uniu nossos corpos e colocou uma perna entre as minhas.

Ergui a sobrancelha.

— É como fazer sexo — soltou. *Puta merda.* — Acompanha meu ritmo e você vai saber o que fazer.

— Como sexo? — sussurrei.

— É.

— Cahya...

— Relaxa, Mark.

Então, Cahya começou a quebrar o quadril de um lado para o outro, rebolando e se soltando em mim. Fiquei estático por uns longos segundos, meu corpo inteiro reagindo ao dela. Lancei um olhar para Suzanne e, quando encarei Cahya novamente, compreendi o que ela quis fazer. Me deixou exatamente de frente para onde Suzanne estava, para que eu não pudesse tirar meus olhos dela, enquanto parecia distraído com a minha companhia.

Sinceramente, não queria olhar para Suzanne enquanto dançava com Cahya, mas, pelo menos assim, talvez tivesse a chance de não a agarrar na pista de dança.

Soltei-me aos poucos, a batida e o gemido da cantora ao fundo me estremecendo quando Cahya colava ainda mais seu corpo no meu. Ela foi amolecendo, rebolando, com os olhos fixos no meu rosto. Segurei sua cintura e trouxe-a de modo que não houvesse espaço entre nós. Eu sabia que Cahya estava sentindo minha ereção se formando, e não me importei nem por um segundo.

Ela ia sentir as consequências físicas de rebolar grudada em mim.

Entendi o que eu tinha que fazer com os quadris depois de alguns segundos do refrão. Então, quebrei com Cahya. Passamos a nos mexer em um para lá, um para cá e depois dois para lá. Enquanto inspirava seus cabelos, a mantinha presa a mim, girando-a na pista, trocando de lugar, permitindo que ela olhasse Suzanne quando eu não o fazia. E, nesses momentos, eu podia aproveitar os cabelos de Cahya soltos e balançando, sua boca entreaberta pela dança e pelo calor, a maneira que nossos corpos se encaixavam perfeitamente, e como entramos no mesmo ritmo fácil e rápido demais.

— Como sexo, hum?

Ela estava distraída, observando Suzanne.

— O que disse? — falou, ainda com os olhos no alvo.

— Dançamos como fazemos sexo?

Cahya errou um passo.

Eu sorri.

— Bom, não é?

Ela desviou os olhos para os meus.

Tesão estampado em seu rosto.

Caralho.

— Você quer mesmo brincar com fogo? — Cahya sorriu. — Porque eu posso ser terrível.

Troquei-nos de lugar e continuei no ritmo da dança. Rebolar assim era fácil. Quase mesmo como sexo, só que, ao invés do vai e vem para frente, vamos quebrando o quadril para o lado.

— Vamos nos concentrar na dança — sussurrei em seu ouvido. — Suzanne está com uma cara de poucos amigos agora. Eu acho que, depois de mais umas duas músicas, vamos subir para o camarote.

— É melhor. Podemos escutar alguma coisa. Ela olhou para cá?

— Em nenhum momento.

— Me gira.

Fiz o que ela pediu e voltamos para os braços um do outro. Depois dessa música, vieram outras duas, tão dançantes quanto a primeira, e eu Cahya acabamos descobrindo que conseguíamos dançar muito bem juntos. Nada profissional, muito menos perfeito, mas o rebolado não tinha segredo.

Já estávamos suados quando sentimos que era o momento de irmos para o camarote.

Cahya me parou quando estávamos no meio da escada.

— Não podemos ficar muito perto dela, mas próximos o bastante para tentarmos ouvir alguma coisa.

— Vamos agir naturalmente lá, Cahya. Talvez, como um casal. Acho que ela vai sentir se ficarmos olhando-a.

— Então, olhe para mim. — Ela sorriu e entrelaçou nossos dedos. — Pareça feliz e apaixonado, alheio a ela. Se poderemos ouvi-la, ela também poderá nos ouvir.

Respirei fundo.

— Vamos.

Descobrimos muitas coisas naquela uma hora e meia que passamos perto de Suzanne, como o nome do homem que ela estava se encontrando, que era mesmo da Coreia do Norte, além de um magnata industrial. Cahya rapidamente enviou a informação para Stone, que estava de prontidão.

— Vou para Bali depois do Natal. Você sabe, querido. É importante — Suzanne disse. — Tenho que resolver algumas coisas, fechar esse negócio, para finalmente sumir daqui.

— Entendo, Suzanne. Mas, sabe, é bem concorrido. Muita gente envolvida.

— Estou confiante de que ele vai me escolher.

Acariciei a cintura de Cahya com uma mão e aproximei meu rosto do dela, para parecermos um casal. Com a ponta dos dedos da mão livre, coloquei uma mecha de seu cabelo atrás da orelha.

— O que tem em Bali? — sussurrei, sorrindo, para que Suzanne não escutasse.

Minha vontade era de arrastá-la para Miami naquele instante.

— É uma ilha e província da Indonésia. Tem muitas praias, e é conhecida pelo surf, resorts e baladas.

Ergui as sobrancelhas.

Ficamos em silêncio, e eu beijei lentamente a bochecha de Cahya. Ela suspirou e sorriu para mim.

— Você pretende retornar para Miami? — o homem perguntou a Suzanne.

Fiquei gelado.

— Daqui a cinco anos, provavelmente. Não concluí o que eu queria por lá.

Senti meu corpo inteiro endurecer. E não por um motivo gostoso como estar perto de Cahya, mas sim pela resposta daquela mulher.

Ela queria concluir a vingança.

Foi instintivo me mover em direção a Suzanne. Meu cérebro apagou a racionalidade e simplesmente meu corpo respondeu. A chave que eu desligava no cérebro quando estava em missão, confiando apenas no que sabia fazer, foi girada. Senti quando os olhos de Suzanne vieram para mim, quase no mesmo segundo em que Cahya se pôs no meio de um desastre iminente.

— Mark — me chamou.

Foquei meus olhos nos de Suzanne, que estava curiosamente me encarando. Senti a respiração alterar, a raiva fervendo meu sangue. Fechei as mãos ao lado do corpo, querendo socá-la.

— Mark?

Ela colou seu corpo no meu.

Meus olhos ainda não tinham saído de Suzanne.

Cahya puxou meu rosto para baixo, fazendo-me olhá-la.

— Você prometeu.

Travei o maxilar, e não consegui admirar Cahya como tanto desejava, porque o ódio pelo que Suzanne foi capaz de fazer com Yan, Lua e Shane, e mais todos os envolvidos que eu tinha de proteger, gritou nos meus ouvidos, se tornando forte demais para ignorar.

Encarei Suzanne e dei um passo à frente, praticamente empurrando Cahya comigo, já que minhas mãos estavam em sua cintura.

Ela não conseguiria me parar.

Eu tinha a chance de pegar Suzanne naquele segundo, eu poderia levá-la para outro lugar e desacordá-la. Em seguida, enfiá-la em um avião para Miami. Poderia...

— Você me obrigou a isso — Cahya murmurou, interrompendo meu raciocínio, até realmente não ter chance de pensar em mais nada.

Cahya puxou meu rosto para o dela com certa força. Bastou um segundo, e nossos narizes esbarraram de leve. Nesse instante, nos tornamos calmaria. Cahya me admirou uma última vez antes de inclinar seu rosto para o lado, fechar as pálpebras e cortar o contato visual.

Em meio ao turbilhão do ódio que sentia por Suzanne, a maciez da boca de Cahya lentamente tocando a minha me estremeceu. Fomos nos encaixando até não restar espaço algum entre nossos lábios, o seu inferior ficando entre os meus. Ainda estava ofegante pela raiva quando Cahya me beijou, a boca úmida me permitindo fechar os olhos por um segundo e simplesmente senti-la.

A raiva passou, porque aquela boca era macia, doce, e Cahya cheirava a maçã.

A eletricidade que veio em cada centímetro do meu corpo me fez ter a consciência de que estava beijando uma mulher, depois de tantos anos sem isso...

E não era simplesmente qualquer mulher, mas *Cahya York*.

Puxei sua cintura com uma mão e o seu quadril com a outra, até moer Cahya em mim. Desci o braço e fiz um apoio para sua bunda com o antebraço, de modo que pudesse tirar seus pés do chão. Igualei nossas alturas, com Cahya no ar. Ela tirou as mãos do meu rosto e apoiou-as em meus ombros. Agarrado à sua cintura com a mão livre, apertei-a com vontade, os dedos amassando o vestido, no segundo seguinte que Cahya ia passar a língua para a minha boca.

Então, percebi o erro.

Parei assim que a pontinha da sua língua resvalou nos meus lábios.

Ainda de olhos fechados, desci-a para o chão e, respirando fundo, colei nossas testas.

— Não posso beijar você sabendo que dezoito mil quilômetros nos separam.

— Dezessete mil e setecentos, na verdade. Acredite, eu sei — sussurrou. Abri os olhos. Uma luz rosa da festa passou pelo rosto de Cahya quando ela lambeu os lábios.

Quando a beijei, não percebi, mas, de algum jeito, Cahya tinha nos virado. Era ela que estava com os olhos em Suzanne, era ela que estava no controle.

— Vamos beber mais um pouco antes de irmos, amor?

Suzanne, pelo visto, estava nos observando.

— O que acha de dançar comigo?

Cahya sorriu, feliz por eu ter percebido que era hora de recuar. Hora de descermos e desaparecermos. Tínhamos conseguido muitas informações naquela noite.

— Eu vou adorar.

Descemos as escadas juntos e, quando Cahya estava no meio dos degraus, me parou.

A cor sumiu do seu rosto de repente.

— Está tudo bem?

A boca de Cahya foi se abrindo.

Ela estava olhando fixamente para alguém.

Tentei seguir a linha de sua visão.

Era um homem de uns quarenta anos, com cabelos negros e pele cor de oliva. Ele estava com uma pasta embaixo do braço, no meio da pista de dança, procurando alguém.

— Quem é ele?

Cahya engoliu em seco e retornou à postura, continuando a descer as escadas. Ela baixou o rosto para me responder, olhando para seus pés.

— Esse homem é o braço direito do falsificador do Picasso. Não olhe mais uma vez. Ele é cem vezes mais perigoso do que Suzanne.

— Tudo bem, mas o que ele está fazendo aqui?

Cahya desviou os olhos do chão para os meus.

— Você perguntou errado: o que ele está fazendo no mesmo ambiente que a sua psicopata?

— Acha que tem alguma ligação?

A atenção de Cahya foi para o camarote. Observei Suzanne, que parecia alheia à presença do homem. O braço direito do falsificador foi para os fundos da boate, entrando por uma porta de acesso restrito.

Suzanne continuou sua conversa com o senhor Lee, mas tive um pressentimento ruim.

Olhei para Cahya.

— A partir de agora, vamos cruzar informações.

Ela assentiu.

— Vamos embora daqui.

Uma missão por você

CAPÍTULO 15

**How can I forget
What you did to my head?
(Do you like it, do you like it?)
What we did in your bed?**

— Blaise Moore, "Hands".

CAHYA

Chegamos ao apartamento às duas da manhã com a cabeça a mil por hora. Colocamos no quadro de Suzanne informações da investigação do Picasso. Não encontramos nada relacionado. Depois de um par de horas de trabalho frustrante, decidi tirar a droga do vestido e me enfiar em uma camisola confortável.

Voltei para a sala e observei o homem que havia passado a noite inteira comigo, e isso me dispersou da raiva que senti por estarmos andando em círculos.

Mark havia tirado a camisa social e a substituíra por uma camiseta preta de gola V da Calvin Klein. Também se livrou dos óculos, assim como da calça, e se enfiou em uma de tecido frio da Adidas, também preta, com as faixas laterais brancas. Vi que estava atento ao quadro, em pé e com os braços cruzados, uma posição protetora, os músculos dos bíceps livres para que eu pudesse olhá-los com todo o desejo que eu conseguia reunir.

Ele era tão...

A sensação daquele beijo ainda estava em mim. Conseguia sentir seus lábios sobre os meus, o calor da respiração de Mark no meu rosto, a delícia de ter sido puxada por ele e por literalmente ter tirado meus pés do chão. Se eu estivesse pecando, que fosse, porque simplesmente não conseguia parar de reviver o momento. A boca dele se encaixou tão bem na minha, e isso foi apenas um contato de lábios, sem língua, já sendo o suficiente para eu fantasiar sobre como seria beijá-lo profundamente.

E por inteiro.

Ainda me sentia queimar em partes que eu sonhava que Mark pudesse tocar.

— Cahya, acho que devemos encerrar a noite. — Mark não tinha virado o rosto para mim, mas sabia que eu estava ali. — Duas horas de análise. São quatro da manhã. Não vamos prejudicar nosso sono. — Então, ele me olhou, abriu um sorriso e desceu os olhos por meu corpo, reparando na camisola de seda branca. O sorriso dele foi morrendo. Mark fechou os olhos. — Porra, Cahya.

Aline Sant'Ana

Eu queria Mark. Não importava se duraria mais algumas semanas. Eu não me importava com a chance de o meu coração ficar partido em mil pedaços, porque eu me lembraria todos os dias que Mark é alguém que não posso ter para sempre. Em distância, estávamos do outro lado do mundo um para o outro, e eu jamais me iludiria a ponto de achar que um relacionamento assim fosse dar certo.

Mas, ao mesmo tempo, eu não conseguia olhar para Mark sem sonhar com tirar sua camiseta. Não conseguia não me encantar por ele ao descobrir a cada minuto quem era. Sem me deixar envolver? Não, eu afundei de cabeça e com vontade. A atração não podia mais ficar quieta, ser ignorada, ela tinha a voz de uma criança de três anos fazendo birra.

E talvez fosse errado eu querer Mark tanto assim, a ponto de quase pedir para ele ser um pouco meu, quando sabia que aquele homem precisava lutar contra seus fantasmas para retornar à sua vida, para as pessoas a quem ele realmente pertencia.

Como também não era justo eu sentir, pela primeira vez, depois de tanto tempo, uma atração tão forte por alguém. Não era justo ele chegar com sua caneca, seu prato, os talheres, a droga da rede, dizendo que estava mantendo a perfeita ordem, porque não estava. Minha casa mudou depois que ele chegou, os cômodos cheiravam a Mark. Eu mudei depois da sua vinda. E não queria voltar a ser quem eu era antes de ter Mark Vance Murdock na minha vida.

Parecia... incompleta.

E esse pensamento revirava todo o inferno que existia dentro de mim.

— Você vai para a rede?

Mark abriu os olhos.

— Eu preciso ir.

Ele estava respirando com pressa.

— Tudo bem.

— Certo.

Mark começou a caminhar para a varanda, e eu o vi dando as costas e caminhando para longe de mim. E não suportei a ideia de imaginá-lo fazendo isso quando fosse embora.

Meu coração apertou um pouquinho.

Mark deitou na rede e eu consegui vê-lo bem aconchegado ali. Estava com seu travesseiro e uma manta de algodão. Ele parecia bem confortável.

Caminhei até chegar à varanda. Coloquei meus braços apoiados no parapeito e senti o ar da noite arrepiar a minha pele.

— A madrugada está linda.

O céu estava cheio de estrelas, a lua sorrindo para nós e bem imensa. Essa era a hora perfeita que ela se enquadrava na minha varanda. Não conseguia vê-la muito, por ser sempre tão tarde.

— Está. — A voz de Mark parecia rouca. — Nem sempre você vê as estrelas por aqui?

— Nem sempre. Por isso gosto de ir para a ilha Kotok. — Virei o rosto para olhá-lo.

Mark estava com os olhos fixos no meu corpo.

— Dá licença para mim?

— Perdão... o que disse? — Isso o fez me encarar.

— Na rede. Deixa-me deitar aí com você.

— Cahya... — Mark riu e apontou para si. — Eu sou enorme, estou ocupando todo o espaço.

— Entre suas pernas. Eu posso deitar em cima de você.

Mark dançou os olhos escuros por mim, como se analisasse cada centímetro meu. A atração estava gritando, fazendo pirraça; a criança agora queria um doce. Senti meus joelhos tremerem antes de simplesmente ignorar a cara de choque de Mark quando me viu me aproximar.

— Cahya Aziz York...

— Cala a boca — sussurrei.

Apoiei minhas mãos na rede e peguei a manta de Mark, jogando-a no chão. Depois, virei de costas para ele e, impulsivamente, ousei me sentar em seu colo. Escutei-o resmungar alguma coisa sobre eu ser impossível, mas ignorei por um segundo porque... eu estava em cima dele. Pensei *onde* eu estava me sentando quando senti um volume na bunda e não fui tão corajosa a ponto de aproveitar o momento. Rapidinho, segurando a camisola curta para que ele não visse minha calcinha, girei o corpo, estiquei as pernas sobre as dele e fui deitando até que minha cabeça ficasse apoiada na rede e colada ao seu rosto.

Senti-o respirar tão fundo que o ar bateu com força na minha pele.

Virei o rosto devagarzinho e meu nariz esbarrou em sua bochecha. Mark estava de olhos fechados, com os punhos cerrados para fora da rede, lutando consigo mesmo.

— Você pode me abraçar, se quiser — ofereci. — Está frio.

Aline Sant'Ana

— Você jogou a manta fora.

— Então me abraça.

As mãos de Mark vieram devagar. Ele passou-as nos meus braços, resquícios do calor de sua palma mantendo minha pele aquecida. Em seguida, me envolveu em um abraço, com os braços fortes me mantendo segura.

Senti-o relaxar embaixo de mim.

Percebi, completamente deitada em cima dele, que Mark era uma massa firme de músculos. Ele tinha, talvez, o quê? Cinco por cento de gordura no corpo? Mas confortável o bastante, agora que havia relaxado, para ser bem melhor do que o colchão da minha cama.

Olhei para os nossos pés, a maneira que os meus não alcançavam os dele, e admirei as estrelas no céu, remetendo ao momento em que fizemos isso no chão da varanda na ilha de Kotok.

— Você está fria, Cahya — Mark sussurrou, sua voz vibrando em mim.

Senti os bicos dos meus seios responderem à sua voz, aparecendo no tecido fino da seda.

— Vou ficar quente daqui a pouquinho. Me aperta mais forte.

— Você sabe que eu consigo sentir você em cada parte do meu corpo? — confessou. — Em cada centímetro meu?

Virei meu rosto para o dele mais uma vez. Percorri o nariz por seu maxilar, a barba macia fazendo cócegas na pontinha.

O perfume de Mark parecia o cheiro mais delicioso do mundo, sentindo-o assim tão de perto, aquela fragrância de lima e carvalho...

— Qual perfume você usa? — Minha voz saiu arrastada pelo desejo.

— 212 Vip Men.

— É tão gostoso — gemi.

Senti os dedos dele ficando rígidos em volta de mim. Mark desceu o aperto dos meus braços para a cintura, colando-me ainda mais a ele.

— Gostoso o suficiente? — questionou, se perdendo um pouco.

Como resposta, ainda com o rosto virado para ele, desci o nariz para seu pescoço, sentindo-o se arrepiar. Vi-o cerrar os olhos antes de levar minha boca para aquele ponto pulsante. Deixei meus lábios rasparem a pele quente dele. Não beijando, mas sentindo, acariciando devagar tudo que consegui, umedecendo-o com a ponta da língua.

O aperto de Mark ficou mais firme, e ele levou instintivamente o quadril para cima, uma só vez. Na minha bunda, pude senti-lo ficando duro, pude senti-lo crescer, imenso e delicioso.

Me remexi em cima dele, calafrios beijando a minha pele, inclusive meu estômago ficou gelado. Movi o pé esquerdo, dobrando a perna, subindo com os dedos a calça de Mark, da canela até os joelhos, sentindo seus pelos da perna na ponta dos meus pés.

Ele se desfez do abraço, levou suas mãos para a minha cintura, e apertou com força. Mark começou a puxar a camisola, trazendo-a devagar para cima.

Meu clitóris pulsou e o prazer começou a se tornar líquido entre minhas pernas.

Só de senti-lo...

O cumprimento da camisola, que vinha até o meio das coxas, subiu até tocar a calcinha. O tecido dançou por ali, acariciando-me tão suave que mal pude sentir, porém foi o suficiente para eu precisar apertar as coxas, querendo ser tocada.

Eu já estava tão molhada.

Mark gemeu, mordeu minha orelha e ergueu seu quadril mais uma vez. Senti meu corpo inteiro começar a formigar, e a calcinha ficou tão pesada pelo tesão que soltei o nome de Mark alto demais. Os dentes dele, que rasparam no meu lóbulo, foram substituídos por sua boca. No segundo em que senti sua língua quente rodar ali, guiei minha boca lentamente para a dele.

Ele beijou a maçã do meu rosto.

E, depois, mais algum lugar que eu estava tonta demais para saber qual.

Sua boca tocou a ponta do meu nariz e, em seguida, desceu.

Até seus lábios encontrarem os meus.

Fechei os olhos quando Mark tirou a mão da minha cintura e levou-a até meus cabelos, entrelaçando os dedos nos fios, puxando-me para ele. Com a outra, continuou a segurar minha cintura, seus dedos me mantendo firmemente. Ouvi-o soltar um gemido de entrega quando sua boca, quente pelos beijos que me deu, não demorou a deslizar pela minha. Guiou seu quadril para cima e para baixo, intenso e devagar, a língua pedindo espaço entre meus lábios.

Ele estava me beijando de verdade, pela primeira vez.

Cedi, deliciando-me com a minha língua na dele, tão sedosa e macia como veludo, bêbada por Mark como se nunca fosse ter o suficiente. Meu corpo estremeceu quando ele tocou o céu da minha boca com a ponta da língua molhada e quente, seu beijo me deixando tonta, ainda que estivesse deitada.

Aline Sant'Ana

Mark beijava como se estivesse me fodendo bem gostoso, em algum lugar que não entre as minhas pernas.

Ele beijava como se soubesse que era o melhor beijo da minha vida.

Ele me tocava com a certeza de que ninguém faria como ele.

Eu senti tudo isso enquanto seus lábios trabalhavam nos meus, um beijo cheio de certeza e a determinação de um homem que sabe muito bem o que quer.

De um homem que, quando deseja, faz do jeito certo.

A mão de Mark foi descendo da minha cintura para a calcinha. A camisola tinha subido o suficiente para ele tocar meu quadril e sentir a lateral da lingerie em seus dedos.

O beijo se intensificou, e eu caí por aquele homem. Me joguei, porque não havia a chance de não me perder em Mark. Ele era uma força da natureza. Seu pau estava muito duro embaixo de mim, seu corpo tão quente. Eu queria sentir a pele dele, mas também queria que Mark me tocasse.

Então, deixei-me levar.

Mark girou a língua na minha boca languidamente, no mesmo segundo em que seus dedos entravam na lateral da calcinha, começando a caminhar para o meio das minhas pernas. Ele passeou pela virilha, gemeu dentro do beijo quando moveu o dedo mais alguns centímetros e enfiou os dentes no meu lábio inferior, me punindo, quando chegou à boceta molhada.

Mark afastou o tecido para ter mais acesso.

Espacei as coxas, convidando-o a me tocar.

Ele entendeu bem o recado.

Meu corpo estava queimando e eu queria... eu precisava...

Dobrei as pernas para facilitar seu acesso, também as abrindo, e senti ainda mais seu pau me pressionando. Não paramos de nos beijar quando Mark tocou meu clitóris, mas perdi o ritmo do beijo quando seus dedos ásperos rodaram ali, tão leve, tão suave. Lamentei dentro da sua boca, os dedos de Mark deslizando com facilidade por causa da minha umidade, brincando com os lábios, enquanto ele atiçava-me a ponto de minhas coxas estremecerem.

Mark sorriu contra o beijo. Foi a única pausa que ele me deu, antes de colocar a língua mais uma vez dentro da minha boca e seus dedos dentro de mim.

Arfei, apertando os dedos de Mark quando entraram, sentindo a eletricidade interna cobrir seus dedos como faria com seu sexo. Mark me sentiu totalmente entregue, até começar a movimentá-los, tocando meu clitóris com a palma da mão cada vez que me penetrava profundamente.

Uma missão por você

Seu beijo ficou ainda melhor.

Eu não pensei ser possível.

Ele conseguia continuar me beijando, sem perder o ritmo, enquanto me tocava.

Procurei apertá-lo em algum lugar, querendo-o tanto, mas foi impossível tocá-lo. Então, movi meu quadril, tirando os dedos de Mark de dentro de mim, me virando subitamente e ficando deitada em cima dele, depois, sentada nele.

Agora eu podia olhar em seus olhos.

O que me deu ainda mais tesão.

A boca dele estava inchada, vermelha e judiada pelo beijo longo e intenso. Suas pálpebras estavam semicerradas, a respiração de Mark, curta. Ele tinha o tesão inteiro ali, em seu lindo rosto.

Abaixei meus lábios para beijá-lo, meu corpo nem um por cento saciado dele, e eu querendo tanto um orgasmo que...

Mark me parou.

— Esse beijo foi uma máscara, Cahya? — sussurrou contra a minha boca.

— O quê? — Me afastei, perdida.

— O beijo foi uma máscara, para esconder o que estamos sentindo, para a gente não ter que encarar de frente? — A voz dele saiu tão bruta, rouca e grossa, que meus pelos se levantaram. — Ou foi só tesão?

Oh...

— Você chama isso de beijo? Eu chamo de preliminar.

— Não sou mais um moleque, Cahya. É assim que eu beijo. E você não respondeu a minha pergunta.

Ele parecia... irritado?

É sério?

Eu estava com tesão reprimido! Minha calcinha continuava arrastada para o lado, meu clitóris ainda pulsando...

— Não acho que estamos mascarando o que estamos sentindo.

— Então foi só tesão?

Fiquei gelada.

— A gente precisa conversar sobre isso *agora*?

Ele ficou em silêncio.

Aline Sant'Ana

— O que você quer ouvir? — sussurrei.

Mark respirou fundo.

— Você tem alguma coisa para me dizer?

— Estamos atraídos um pelo outro.

Os olhos dele mediram cada centímetro do meu rosto. Eu sabia o suficiente sobre análise comportamental para saber que Mark estava me estudando, vendo os movimentos, cada centímetro que meu rosto se movia, para que ele pudesse entender o que eu não estava dizendo.

Ajeitei a minha calcinha e puxei a camisola para baixo.

— Tudo bem, vamos conversar.

Ele levou as mãos para trás da cabeça, ainda me observando.

Eu ainda era capaz de sentir a ereção dele bem onde eu estava sentada, e ainda dolorosamente molhada.

— Estou atraída por você. Eu gosto de você. Estamos convivendo diariamente. Acho você gostoso, lindo, interessante, inteligente, fora que você é... um homem extremamente irresistível, mas tenho consciência de que não podemos envolver sentimentos aqui. Estou no caminho certo?

Mark continuou em silêncio.

— O que você quer de mim, Mark?

A rede balançou sob mim quando ele decidiu ficar mais sentado.

Apoiei minhas mãos em seus ombros.

— Precisamos ir com calma.

— Não vamos ter esse tempo — argumentei.

— Estou dizendo que não posso beijar você, tocar você, desse jeito... não posso.

Franzi a testa e respirei fundo, frustrada.

Usei seus ombros para me impulsionar e cair fora dali. Quando saí da rede e estava em pé ao seu lado, Mark segurou minha mão, me impedindo de virar as costas e ir embora.

Encarei-o, querendo pular em seu corpo pela raiva e pelo tesão.

— Vamos com calma, Cahya, porque, a cada dia que passa, estou me entregando mais a você. Eu vou me deixando aqui, um pouco mais, centímetro por centímetro, consciente de que eu nem preciso te beijar para ir atirando pedaços meus pelo seu apartamento. Não estou falando das canecas, dos pratos e nem dos talheres. Você está *me* desmontando. E estou deixando, porque é bom ser quebrado por você.

Senti meus batimentos acelerarem.

Abri a boca, mas me vi incapaz de falar.

— E eu precisei me lembrar, durante cada segundo que senti seu beijo, seu corpo, enquanto te tocava, que não posso entregar tudo. Você está levando minha capacidade de raciocinar, minhas mãos, minha boca, meu corpo inteiro, e eu não posso deixar aqui, no seu apartamento, a porra do meu coração.

— O beijo é uma máscara — sussurrei para mim mesma. Encarei-o e engoli em seco. — Se você não quiser mais, vou entender.

Mark semicerrou os olhos escuros para mim.

— Não sou um homem que começa algo e não termina. Eu vou terminar o que comecei e vai ser ótimo, vai ser gostoso, você vai sentir o melhor orgasmo da sua vida. — Pausou. — Só preciso de um tempo.

Incapaz de verbalizar uma resposta para o que foi a coisa mais profunda, intensa e dolorosamente romântica que já ouvi, abri a boca mais uma vez, mas a fechei.

Meu coração não conseguiu parar de bater como um louco.

— Boa noite, senhorita York. — Ele sorriu.

Dei um passo à frente, nossas mãos ainda presas uma à outra. Abaixei-me e o beijei na bochecha.

Mark respirou fundo.

Consciente de que precisava processar o que ele disse, colei nossas testas e decidi não dizer nada que pudesse arrancar mais um dos seus pedaços.

— Boa noite, major Murdock.

Uma missão por você

CAPÍTULO 16

I celebrate you, baby, I adore you
Not just on Christmas
Baby, whether rain or shine
Naughty or nice
I'm by your side

— Ariana Grande, "Not Just On Christmas".

MARK

Recebi uma ligação que poderia mais ser considerada uma conferência. Kizzie, Zane, Yan, Lua, Shane, Roxanne, Carter e Erin. Todos juntos, em uma câmera só. Nove pessoas, contando comigo, conversando sem parar, por quase uma hora, porque era véspera de Natal. Descobri que tinham alugado uma casa na praia, juntado a família de todos, e decidido dar um tempo para curtirem esse momento.

Durante a conversa, ocultei onde estava. Yan era o único que sabia, o único que não pegaria um voo para me impedir. Shane era capaz de se enfiar em um avião para dizer que era perigoso demais arriscar minha vida por uma vingança.

Mas era muito mais do que isso.

Escutei a porta se abrindo. Cahya havia chegado. Avisei-os de que tinha um compromisso e desejei-lhes um feliz natal.

Eles sorriram e disseram que sentiam minha falta.

— Eu fiz umas compras. — Cahya entrou carregando um milhão de sacolas em ambas as mãos. Abaixei a tela do notebook quando a ligação acabou e fui ajudá-la. — A cidade parece um caos. Eu quase bati o carro.

— Por que vocês não têm leis de trânsito?

Cahya sorriu quando me assistiu colocar as sacolas na bancada da cozinha.

Desde que a beijei, estava tentando me manter sentimentalmente afastado. Olhá-la apenas como a profissional incrível que era, evitando me lembrar do sabor de sua boca e de como ela se encaixava na minha. Especialmente tentando apagar do meu cérebro o momento em que meus dedos deslizaram para sua boceta, sentindo-a pulsar em mim, tão macia...

É, sem sucesso.

As memórias vinham a cada segundo, me torturando e provocando uma semiereção cada vez que me lembrava do sabor de Cahya, e de como ela era quente e gostosa lá embaixo.

— Esqueça as leis de trânsito. Cheguei viva. Dá uma olhada no que tem aí dentro.

— Certo. Vamos ver o que trouxe.

Vinho, champanhe, amendoim, gemada e também biscoitos de Natal crus. Um frango para assarmos à noite, temperos e ingredientes para rechearmos. Por último, puxei o que parecia...

— Isso é uma árvore de Natal para crianças? — Deveria ter uns vinte centímetros. Dentro da mesma sacola havia bolas pequenas, douradas e vermelhas, além de uma espécie de pisca-pisca em miniatura. — Cahya, não precisava.

— Bebês engoliriam as bolas, você sabe.

Eu estava evitando contato visual, então, continuei a mexer na árvore.

— Que coisinha mais curiosa isso aqui.

— Você nunca comemorou o Natal, o que me parece meio Grinch da sua parte, e eu tenho duas religiões.

— Exatamente. Por que temos uma árvore?

— Porque, Mark... é Natal.

— O Natal explica tudo?

— Explica tudo.

Respirei fundo.

— Tudo bem. Como quer dividir as tarefas?

— Eu faço as sobremesas e asso os biscoitos. Temos ingredientes da última compra e consigo bater um bolo de chocolate. Você recheia o frango e prepara o arroz? Acho que um purê de batatas também vai cair bem.

— São três da tarde. A gente não precisa começar a fazer...

— Fica quieto.

Sorri enquanto lavava as mãos, tentado demais a olhá-la nos olhos.

— É Natal — acrescentou.

Acabei rindo.

— É, Cahya, é Natal.

Estávamos jogados no tapete da sala de Cahya, cheios demais para sequer nos movimentarmos. Minha companhia estava relaxada, com a cabeça encostada na poltrona, e eu estava ao lado dela.

Sem tocá-la, informação importante.

Tínhamos dado uma pausa nas investigações apenas para curtir o feriado. Stone estava no rastro do coreano e estávamos muito perto de pegá-lo. Nos restava esperar, e beber.

Era Natal.

Curtimos o silêncio, até Cahya me encarar e abrir um sorriso.

Desviei o olhar.

— Eu tenho uma coisa para você.

— O quê? — sussurrei, e comecei a puxar os pelos do tapete.

— Antes que você ache que é megaespecial, na verdade, é algo que comprei em uma vendinha na esquina. Foi barato, mas não é pelo preço, e sim pelo significado. Sei que você nunca comemorou o Natal, e que nunca se permitiu sentir esse espírito, então...

— Você comprou um presente para mim? — Isso me fez parar.

Cahya se moveu e puxou do bolso alguma coisa. Vi uma espécie de pingente de prata quando ela me entregou. Peguei, relutante, sentindo algo na boca do estômago quando seus dedos tocaram os meus. Era um símbolo que eu nunca tinha visto. Geométrico e com nós entrelaçados, em um movimento infinito. Cahya não tinha embrulhado, talvez para não me assustar com a ideia de estar me presenteando. Ao invés, tinha apenas um lacinho de fita prateada em torno, que imediatamente comecei a desfazer, quando sua voz ecoou entre nós dois.

— Quando Buda atingiu a iluminação, ele recebeu oito presentes dos deuses. Os *tashi-tag-gyay*, que significa auspicioso, símbolo e oito ou, como chamamos, Os Oito Símbolos Auspiciosos. Hoje, a gente os encontra nos eventos grandes como ensinamentos, em templos, tecidos nas portas das casas ou desenhados a

Aline Sant'Ana

giz no chão. São símbolos sagrados, e esse que te dei é um deles. Espero que sirva como um amuleto, Mark, capaz de te proporcionar boa sorte e proteção perante qualquer coisa que enfrente em sua vida.

Tirei-o do plástico e coloquei-o na palma da minha mão, sem ter coragem de olhar para Cahya, ainda admirado com aquela peça.

— O que esse símbolo exatamente significa?

— Mark, te apresento O Nó Sem Fim. O Nó Sem Fim, esse é Mark.

Abri um sorriso.

— Como você pode ver... — Cahya se inclinou para observá-lo e traçou o dedo pela peça. Devia ter uns oito centímetros de largura e altura. — É uma forma geométrica com vários nós, sem começo e sem fim, eterno. Acredita-se, no budismo, que, quando alguma coisa é resolvida, outra nova surge. Nada, de verdade, acaba. Assim como ninguém sabe o começo, e ninguém sabe como será o fim.

Rapidamente, desviei os olhos para Cahya. Seus cabelos estavam caídos na frente do rosto, a respiração dela batendo em alguma parte do meu braço. Engoli em seco, perdido demais no significado daquilo, e daquela mulher.

— Também é a interligação, a causa e o efeito. E a sabedoria infinita de Buda. — Cahya olhou para mim e eu voltei a atenção para o amuleto. — Nos faz pensar que o tempo é curvo, cíclico, nos faz acreditar na eternidade das coisas e que nunca, de verdade, estamos sem um propósito.

— Eu não tenho palavras para agradecer esse presente.

Cahya se afastou.

— Não precisa agradecer. É de prata, então, você pode fazer suas missões até debaixo d'água, que não vai estragar. É para durar para sempre.

Abri um sorriso de canto de boca.

— Não preciso agradecer? Esse presente é tudo, Cahya. — Minha voz saiu mais grave do que eu previra.

— O que está dizendo?

— Estou dizendo que nunca recebi um presente de Natal.

Isso a fez estagnar no lugar.

— Oh, você disse que nunca comemorou de verdade, mas imaginei...

— É... — Olhei novamente para o amuleto. Segurei-o firme na mão e guardei no bolso. — Significa muito. E sinto por não ter comprado alguma coisa para você.

— Ah, para.

Sorri.

— Na verdade, eu já consegui para mim um presente no Natal. Esse é o primeiro que eu ganho, no entanto...

— Você *conseguiu* um presente?

— Eu tinha doze anos e roubei o presente de uma criança.

Isso aliviou o clima, e Cahya começou a rir. Talvez, pela gemada com vinho. Talvez, porque ela era linda por dentro e sabia exatamente como fazer eu me sentir bem. Coloquei o amuleto no bolso da calça, sentindo meu coração ainda acelerado.

— O quê? Você roubou o presente?

— Eu estava com ciúmes porque não tinha recebido um. No orfanato, era sempre tão solitário e ninguém se lembrava de quem tinha a minha idade. Eu havia acabado de voltar para lá e estava puto porque tinha perdido mais uma família.

— O que aconteceu?

— A senhora Lane engravidou e, então, decidiu que teria que gastar muito dinheiro se tivesse dois filhos. É claro que ela não ia abortar, então, me devolveu.

— Isso é uma merda.

— Eu roubei um presente. Foi o melhor Natal da minha vida.

Cahya gargalhou.

— Ah, para! Quantos anos ele tinha?

— Seis.

— Metade da sua idade! Isso é tão cruel, Mark.

— Eu também era uma criança, sabe?

— Não importa. Você é mesmo o Grinch.

— Se eu fosse verde, você não teria me beijado naquela noite.

Só depois de ter soltado a frase foi que me dei conta do que disse.

Cahya arregalou os olhos.

Depois, os estreitou e desceu-os para a minha boca.

— Eu teria te beijado sim.

Bebi mais vinho.

— Então, me conta sobre a sua família.

— Você é péssimo mudando de assunto.

Sorri, com os lábios atrás da taça.

— É por isso que eu mal falo no meu trabalho.

— Você é *realmente* péssimo.

— Terrível, né?

— Mas eu vou te dizer mesmo assim.

Minha história sobre o orfanato e o fato de ter pulado de família em família, de repente, pareceu menos pior para mim. Cahya *teve* uma família. Um pai que a amava, que fez tudo por ela, que a protegeu dos monstros debaixo da cama e que a defendeu na escola. Que morreu em um assalto à mão armada.

Ela teve a chance de viver com sua mãe, sendo colocada na cama para dormir, protegida por curativos seguidos de beijos porque dizia a Cahya que "com amor, tudo passa". Ela teve uma mãe que a amou e a apoiou na dor da perda do pai. Até que, logo em seguida, sua mãe passou a esquecer o dia da semana, o mês em que estavam, o que tinham comido no almoço ou se tinham jantado no dia anterior. Esqueceu o nome do cachorro, se perdeu na ida do mercado até a própria casa. Esqueceu de buscar Cahya na escola. Não lembrou do nome da filha. Esqueceu quem era, onde estava, vivendo em uma época remota, onde ainda era adolescente.

Cahya perdeu seu pai, sua mãe para o Alzheimer e o homem que tinha escolhido para dividir a vida.

Eu não tive ninguém para amar, ou seja, ninguém para perder. Estar sozinho sempre me fortaleceu a lutar por mim mesmo e por ninguém mais. Enquanto Cahya teve tudo e precisou assistir isso se perder na frente dos olhos.

E foi então que tive coragem de olhá-la. Olhá-la de verdade.

A nossa árvore de Natal foi montada e estava brilhando pelos pisca-piscas sobre a mesa de centro. Eu e ela ainda estávamos no chão depois de comermos por dez pessoas. O tapete embaixo da minha mão, que estava apoiada no chão, era macio e quente. Mas a maneira que Cahya me encarou foi muito mais calorosa do que isso. Ela estava me olhando como se me perguntasse se eu era uma das pessoas que perderia, e se ela era uma das pessoas que nunca tive a chance de ter em minha vida.

"Nada, de verdade, acaba."

Mas eu não pude responder isso, porque não sabia se era verdade, e ter de lidar com a certeza de perder a única pessoa que eu poderia amar... era cruel demais.

Mais um pedaço meu ficou no chão daquele apartamento, junto com a gente.

— Você precisa parar de tratar sua família como senhor e senhora, Mark — ela disse, de repente, encarando-me nos olhos.

— Eu sei — sussurrei.

Estávamos próximos. Eu podia ver a forma como o verde dos seus olhos sobressaía do castanho, a curvatura perfeita do seu lábio superior e suas bochechas rosadas pelo vinho.

— Precisa parar de afastar quem quer entrar — adicionou.

— Como pode se sentir tão confiante ao dizer isso?

— Ué, por que eu perdi todo mundo que eu amava?

Meu silêncio foi a resposta.

— As pessoas se vão, Mark. Mas o que passamos com elas são tudo o que nós temos. A vida não é uma soma de tragédias, e sim de momentos nos quais sentimos que vale a pena viver. Quantos momentos assim você teve?

— Quando apoiei a The M's quando necessário. Quando senti que poderia protegê-los. Quando senti que fazia parte daquilo.

— O que mais?

Quando te encontrei no aeroporto.

Quando comprei uma caneca para nós.

Quando me colocou no helicóptero.

Quando vimos o pôr do sol.

Quando deitamos no chão para vermos o céu estrelado.

Quando dancei com você.

Quando beijei você.

Quando toquei você.

E, agora, quando me sinto a um passo de me apaixonar por você.

— Quando estou com você.

— Pessoas, Mark. — Ela sorriu. — Se me perdesse agora, ia doer. Se perdesse a The M's, doeria também. Mas o que você viveu ninguém pode tirar. É assim que descobrimos que vale o esforço.

Aline Sant'Ana

Senti uma bola se formar na minha garganta.

— Feliz Natal, Cahya.

Ela se aproximou, deixou a batida de gemada com vinho sobre a mesa e, quando vi que queria se aconchegar, não hesitei. Abri os braços, ela rodeou os seus pela minha cintura, jogou a perna direita sobre as minhas e deitou a cabeça em meu peito. Envolvi-a, acariciando seus cabelos com uma mão, e a cintura dela com a outra.

Cahya respirou fundo.

— Feliz Natal, Mark.

Sorri contra seus cabelos.

Correção: *esse* foi o melhor Natal da minha vida.

CAPÍTULO 17

Oh, and babe, I'm fist fighting with fire
Just to get close to you
Can we burn something, babe?
And I run for miles just to get a taste
Must be love on the brain

— *Rihanna, "Love On The Brain".*

CAHYA

— Clarifica para mim, Mark.

— O coreano está relacionado ao seu Picasso. Ele andou comprando algumas obras. Encontrei quando liberaram o acesso para nós dos arquivos pessoais dele.

— Stone sabe disso?

Mark sorriu.

— Foi ele que conseguiu o acesso.

— Certo, e o que mais?

— Tudo tem me levado a acreditar que pretendem substituir certas falsificações pelos originais. E não são só obras do Picasso, como de outros artistas famosos. Porque, pelo visto, o seu Picasso é capaz de criar outras coisas. Encontrei um site em que eles se comunicam. Estão falando por códigos, mas percebo que há diferentes tipos de produtos.

— Como conectamos isso a Suzanne?

— Ela vai para Bali.

— E o que mais?

— Senhor Lee comprou passagens no cartão de crédito há algumas semanas, para o mesmo lugar, como ouvimos na boate. O curioso é que ele comprou para ele e para outra pessoa. Voos separados.

Respirei fundo.

— Pelo que ela disse na boate, há a possibilidade de estarem concorrendo entre si por alguma coisa. Por que a ajudaria?

Mark franziu as sobrancelhas.

— Eles podem ter feito um acordo.

Aline Sant'Ana

Revirei os olhos.

— Ou pode ser porque ela é gostosa e tudo que enxergam quando olham para Suzanne são aqueles peitos siliconados.

— Pode ser isso também. — Mas Mark não me pareceu afetado pela beleza de Suzanne. — Escute, Cahya. Temos que viajar para Bali.

— O quê?

— Comprei nossas passagens para amanhã. Conversei com Stone e...

— Que horas você fez tudo isso? — Encarei o relógio. Eu havia acordado há trinta minutos, escovado os dentes e ido para a sala. Estava tomando café quando Mark disse que tinha novidades.

— Eu não dormi.

— Hoje é Natal, Mark.

— Eu sei, mas precisamos começar a fazer as malas.

— Como vamos, sem saber onde eles irão se encontrar e quando?

Mark abriu um sorriso lindo, me lembrando de todo o sentimento que eu precisava empurrar para longe.

— Acontece, senhorita York, que eu sei onde e quando. — Mark fez uma pausa e me secou de cima a baixo. — Faça uma mala pequena, mas leve um biquíni. Você vai precisar.

Senhores passageiros, sejam bem-vindos ao voo...

Apertei o cinto, e Mark se aproximou do meu ouvido.

— Segundo a reserva que o Sr. Lee fez, eles ficarão em um resort chamado The Chedi Club, em Tanah Gajah, Ubud, que está fechado para a hospedagem.

Ele disse tudo em uma pronúncia atrapalhada, o que me fez sorrir.

— Então, como vamos nos hospedar?

Virei meu rosto para o dele, e nossos narizes rasparam.

Mark desceu os olhos para a minha boca.

— Você sabe que, a essa altura, estou há quarenta e oito horas sem dormir, não sabe?

— Mark, meu Deus.

Ele se acomodou melhor no assento do avião, afastando-se de mim, e me admirou com carinho.

Parecia reconhecer que precisava fazer essa cara...

Para não me deixar nervosa?

— Lembra que eu disse que encontrei um site em que eles fazem as negociações? — falou baixo, para ninguém em torno de nós escutar.

— Sim — murmurei, cautelosa.

— Para coletar todas as informações que consegui, me passei por um comprador na noite passada. Aleguei que a peça que estavam vendendo era muito pouco perto do que eu queria, que estava apostando em algo mais significativo. Então, disseram que ocorreria uma transação em Bali e que, se comprasse uma das peças, estaria automaticamente convidado.

— Você *comprou*? — gritei.

— Shh... Comprei qualquer coisa. Eles falam em códigos, e Stone só conseguiu me oferecer o acesso quando hackeou um dos logins. Eu me passei por outra pessoa.

— Mark... você enlouqueceu? Vai vê-los pessoalmente... E se eles conhecerem *o homem*?

— Não conhecem.

— Como tem certeza?

— Eu não tenho.

— Espera, deixa ver se eu entendi. Você comprou uma peça da equipe do Picasso, se passando por outra pessoa, e, com isso, conseguiu um convite exclusivo para esse encontro que a Suzanne vai?

— Isso.

— E você sabe *quem* é essa pessoa pela qual você está se passando?

— Eliot Walker. Trinta e nove anos. Casado, duas filhas, mora em Toronto, Canadá.

— Mark...

— Preciso começar a aprender o sotaque canadense em uma hora e quarenta minutos, porque, quando sairmos pelas portas do avião, um homem estará do lado de fora desse aeroporto, em um carro branco, com uma placa com o meu nome. Ele acredita que estou com a minha esposa, então, agora, você se chama Lauren.

— Mas...

Aline Sant'Ana

— Stone conseguiu, em algumas horas, que um contato da Interpol colocasse na sua caixa de correio nossas identidades falsas. Aliás, eu já peguei, ok? — acrescentou, como se soubesse o que eu ia perguntar.

— Como conseguiu abrir a minha caixinha do correio?

Mark ergueu a sobrancelha direita.

— E você *enlouqueceu*? Não tivemos tempo de estudar o perfil de Elliot e Lauren! Não tivemos sequer a chance...

— Cahya.

Respirei fundo, irritada.

— É perigoso! Stone sabe disso?

— Por que acha que não dormi?

— Suzanne pode nos reconhecer.

— Ela pode não nos reconhecer.

— Estamos baseando uma operação no "e se".

Mark ficou em silêncio por alguns segundos.

— Durante uma semana, ficaremos em um resort que Suzanne e o seu Picasso estarão. Dividiremos o dia com eles, a noite com eles, estudando e entendendo essas pessoas. Não tivemos tempo de estudar um perfil de disfarce, mas eu sou um ex-militar, e você é da Interpol. Deve servir de alguma coisa.

— Eu não...

— Sei que você está me achando louco, Cahya. Mas, porra, essa talvez seja a última chance para pegar Suzanne e dar um fim na liberdade que ela tanto está feliz em ter. Aquela mulher não merece passar um dia a mais longe das grades ou de uma clínica psiquiátrica. Não vou e não quero deixar que essa chance escape pelos meus dedos. Daqui a cinco anos, ela vai voltar para Miami e terminar o que começou. Shane D'Auvray tem uma vida inteira pela frente, assim como Lua, os dois *seres humanos* que ela tentou matar. Não posso nem sonhar com a ideia de eles morrerem porque eu não estive no lugar certo e na hora certa. — Ele respirou fundo. — Vamos ter que fazer dar certo.

— Quanto você pagou pela peça?

— Um milhão e meio.

— *O quê?* — gritei.

— Shhhh.

— Quem pagou por isso?

— A Interpol.

Prendi o ar.

— Estamos oficialmente em uma missão, senhorita York. — Ele desceu os olhos pelo meu corpo. — Aperte os cintos e me ajude a treinar o sotaque canadense, porque você também vai precisar.

Chegamos ao aeroporto Internacional Ngurah Rai, no sul da ilha, às duas da manhã. O voo levou apenas uma hora e quarenta e cinco minutos, assim como Mark previra.

Em um telefonema rápido quando o avião pousou, recebemos ajuda de Stone, porque ele era o único que sabia o que estávamos fazendo. Antes, o caso era secreto... mas, agora, como tudo estava interligado, Mark e eu teríamos o respaldo da agência.

Teríamos toda a ajuda que precisávamos.

Quer dizer, oficialmente, Picasso era a prioridade, mas, reconhecia que, aos olhos de Mark e, consequentemente, aos meus, conter Suzanne era bem mais importante do que prender o falsificador.

Eu tinha abraçado essa missão por Mark. Por tudo o que significava para ele, e para que pudesse ser capaz de perdoar a si mesmo.

Embora não concordasse com a velocidade dos acontecimentos.

— Está pronta? — Mark perguntou quando levantamos dos nossos assentos.

— Não, eu não estou.

Ele puxou as malas pequenas dos compartimentos de bagagem e pegou as duas com apenas uma mão. A outra Mark estendeu para mim, oferecendo-a.

Encarei sua mão grande, os dedos imensos, os lugares do meu corpo que haviam tocado.

— A partir de agora, somos casados — sussurrei para mim mesma.

— Então, pegue na minha mão.

— Vamos dividir um quarto — murmurei, ainda encarando a mão dele.

— E vamos nos beijar na frente das pessoas — Mark, sorrindo, adicionou. — Eu sei que é complicado, dado tudo que vivemos, mas vamos ter que tornar essa experiência divertida.

— *Divertida?*

— Olha só, nós, Elliot e Lauren, somos fúteis. *Nós* gastamos dinheiro como água, compramos uma peça falsa apenas porque queremos que se pareça com a original e para que possamos esfregá-la na cara de pessoas que nem gostam de

Aline Sant'Ana

nós. Deixamos nossas filhas com as babás e agora vamos para um resort que é uma porra de um paraíso apenas porque... bem, somos fúteis. — Ele fixou os olhos negros em mim. — A gente consegue.

— O problema é que... me passar por... eu não sei...

— Minha esposa?

Ele se aproximou de mim. Dois metros de músculos, sedução e uma boca que causaria inveja em um ator de Hollywood. Mark dividiu o mesmo ar que eu, seu nariz desceu e seus lábios rasparam na minha boca. Ele me puxou com a mão livre das malas, a mesma que me recusei a aceitar.

— Não estou mais entregando pedaços meus a você, Cahya. Eu parei com isso.

— Parou?

— Estou bem. — Sua boca fez cócegas na minha. — E você também está. Só existe a atração e isso é bom para o senhor e a senhora Walker, concorda?

— É, mas...

As malas caíram da mão de Mark em um baque alto e escutei as pessoas reclamando que estávamos demorando e que queriam passar.

Um segundo depois, o mundo deixou de existir.

Aquele major me segurou com força pela cintura, trazendo-me de encontro ao seu corpo. Ele não esperou um segundo, e veio de uma vez só, sua boca macia na minha; a ferocidade de um homem que tinha raiva, amor, tesão e tanta intensidade, que me pegou de surpresa.

Fui abrir os lábios para respirar, quando a língua quente me espaçou ainda mais, exigindo o que era seu por direito. Inclinei o rosto, para dar a ele um beijo completo. Mark não me decepcionou. Eletricidade percorreu nós dois e, no fundo da bolha de prazer, ouvi alguém gritar em inglês que deveríamos arrumar um quarto.

Mas Mark não se deixou abater.

Uma mão foi para a minha bunda, apertando-a e sentindo-a em seus dedos. A dureza dos seus músculos e de outras partes do seu corpo moeu-me naquele impulso que ele teve, enquanto sua outra mão puxou minha camiseta, para sentir a pele da minha cintura.

Estremeci e gemi enquanto nossas línguas giravam uma na outra, lentas, sem pressa alguma de experimentarem a ausência do beijo.

Então, naquele segundo, eu entendi.

Uma missão por você

Pedaços de Mark sendo entregues a mim.

Pedaços meus sendo entregues a ele.

Partes nossas que não queríamos de volta.

Ele estava mentindo.

Ainda estava se entregando.

Assim como eu não conseguia evitar de fazer o mesmo por ele.

Senti o beijo de Mark diminuindo o ritmo, mas todas as outras partes do meu corpo não estavam nada satisfeitas. Ele foi dando beijos suaves nos meus lábios, até puxar o inferior entre os dentes, antes de me soltar.

— Agora sim, você se parece como uma esposa — sussurrou, a voz grave.

— O... o quê?

— Se eu fosse casado com você, a puxaria cada vez que me olhasse como o fez há pouco, e a beijaria até ficar com a boca inchada e vermelha. Independente da plateia. Então, é com essa aparência que você tem que descer aquelas escadas, como se tivesse acabado de receber um beijo gostoso. Apenas porque, bem, é assim que uma esposa se pareceria, se fosse minha.

— Saiam logo daí! — alguém gritou.

Mark sorriu ironicamente para o homem. Pegou as malas e eu tive um vislumbre do seu rosto corado e a boca vermelha, como deveria estar a minha, antes de ele virar e estender a mão para mim.

Meu coração bateu com tanta força que senti a pressão subir.

Não faço ideia de como desci do avião, nem como Mark me levou, de mãos dadas, para fora dali. Eu só consegui ver suas costas fortes e ombros largos cobertos pela jaqueta de couro marrom, além de sua linda bunda musculosa lutando com os jeans, enquanto Mark me arrastava por entre a multidão.

— Senhor e senhora Walker?

Pisquei quando me dei conta de que estávamos na frente do homem com uma placa escrito Elliot.

Fiquei gelada, mas era treinada o suficiente para manter a fisionomia indiferente.

Olhei para Mark.

Ele assentiu para o estranho.

— Me acompanhem, por favor.

Uma missão por você

CAPÍTULO 18

I learned in the hard way how to let go
So here we go
Feel the adrenaline takin' control
Get high, no low
This moment of truth hidden under my tongue
No longer numb
Running like rain when I thought it dried up
Can't get enough

— *Jojo feat Alessia Cara, "I Can Only ".*

MARK

Não sabíamos o que esperar quando entramos no carro e começamos a nos afastar cada vez mais do aeroporto. Meia hora se passou, mas pareceu uma eternidade. Cahya ficou com a mão entrelaçada na minha por todo o caminho e não ousei puxar uma conversa com ela. Em seus lábios, vi que estava anotando mentalmente as avenidas e estradas.

— Viramos à esquerda na Bali Mandara Toll Road ligada a Jl. Nusa Dua — moveu a boca, sem sair som. — As placas são para Bali Mandara.

Eu sabia o motivo de ela estar fazendo isso. Cahya não tinha certeza se o motorista estava nos levando realmente ao resort. Se a equipe do falso Picasso sabia quem Elliot era, estávamos fodidos.

Mas havia uma arma dentro da minha jaqueta.

Eu jamais colocaria Cahya em perigo sem ter certeza de que poderia protegê-la e mantê-la viva.

No voo, ela me contou que os planos de Picasso se tratavam unicamente da venda de obras de arte falsificadas, porque ele entregava para homens poderosos que sonham em substituir pela peça original. Vende ainda mais caro para os ladrões classe A, conhecidos por roubarem sorrateiramente artes de museus e substituírem por falsificadas. Cahya entrou nesse caso depois que detectou um assalto, silencioso demais para que alguém tivesse notado a troca.

Ainda não sabíamos a identidade do homem que fazia pinturas com a mesma perfeição dos artistas, mas isso estava prestes a mudar.

O carro pegou uma estrada estreita e cheia de árvores, que, à noite, parecia um pouco mais sombria. Percebi que aquela região de Bali era muito parecida

Aline Sant'Ana

com o Caribe. Exceto que não fui capaz de ver o mar. As casas eram simples, comércios espaçados, tudo no meio de uma natureza selvagem. Por alguma razão, não acreditei que um resort como aquele estaria logo após a estrada.

Mas, então, depois de uma viagem de uma hora e doze minutos cronometrados no relógio, o carro parou.

Pude ver a entrada do lugar cercada por seguranças. Contei trinta homens fortemente armados na porta do que parecia muito um recanto espiritual ou um centro budista. Havia um pequeno templo com guarda-sóis orientais vermelhos e duas estátuas da Ganesha que jorravam água, além de tochas de fogo fincadas no chão.

É, tínhamos chegado.

O motorista saiu do carro e abriu a porta para nós. Eu peguei nossas malas, incerto sobre como agir.

— Sejam bem-vindos.

Entregamos nossas identidades falsas a um dos seguranças armados e eles nos levaram a um homem de smoking, que tirou as malas das minhas mãos e sorriu.

— Me acompanhem, senhor e senhora Walker, por favor. Eu serei o mordomo particular dos senhores durante a estadia. Podem me chamar de Boen. — O sotaque dele era forte, mas falava inglês perfeitamente bem. — Qualquer passeio que queiram fazer, qualquer lugar que queiram ir, podem me informar que providenciarei tudo. Os senhores terão o café da manhã às oito em ponto com o Lorde Guntur e, em seguida, ele começará a reunir vocês para analisar quem merecerá fazer a oferta. Por enquanto, vou deixá-los descansarem, pois chegaram cedo e de madrugada. Imagino que estejam exaustos do voo do Canadá até aqui. Vou apresentar o quarto.

Cahya e eu trocamos olhares.

O mordomo não sabia que estávamos em Jacarta. O falso Picasso se chamava Guntur. E ele era arrogante a ponto de querer ser chamado de Lorde.

À medida que demos mais passos, Cahya buscou a minha mão. Sabia que o gesto não era um indicativo de insegurança, mas sim de choque.

O lugar era... absurdamente surreal.

Mesmo no escuro, pude ver a grama aparada sob nossos pés e as quedas d'água das piscinas. A imensidão do resort se estendia por hectares de prazer e relaxamento. Chegamos à recepção, e só ali já percebi que era diferente de tudo que vi na vida. A decoração em tons de vermelho, bege e muita madeira, além de detalhes orientais, incluindo estátuas de suas religiões, me fez engolir em seco. Era como se estivéssemos pisando em uma terra milionária e sagrada.

Passamos pela recepção e continuamos a andar. Um caminho longo de descoberta, que parecia infinito. Enquanto Boen caminhava à nossa frente, contou-nos que o lugar tinha cinco hectares. E os quartos, na verdade, eram casas, que davam ao casal uma exclusividade sem tamanho. Toda a decoração era balinesa, inspirada na realeza da Indonésia, mas ainda dentro da modernidade e naturalidade que o lugar precisava. Enquanto caminhávamos, Boen continuou a contar sobre o resort. Havia SPA, uma cerimônia de purificação, se quiséssemos, uma festa no jantar com apresentação de dança Kecak, um passeio de balão e tantas outras atividades que, caralho, fiquei tonto só de ouvir.

— Chegamos à suíte destinada a vocês. — Boen nos entregou a chave. Meus olhos foram para... uma casa. Não poderia descrevê-la de outra forma. Tinha apenas um andar, mas era toda em vidro e as luzes estavam acesas. Pude ver a sala, os quartos com peças em ouro...

— Quantas pessoas ficarão aqui? — Cahya questionou, aparentemente desinteressada.

O mordomo sorriu.

— Apenas vocês.

— É, vai servir — murmurei, me lembrando de ser Elliot, o fútil.

— O proprietário construiu essa propriedade exclusiva para ele e sua esposa. Originalmente, foi assim, ao menos. A suíte foi criada com todo o amor de um homem apaixonado. Os senhores verão que ela tem algumas das melhores pinturas, antiguidades e artefatos da coleção privada do dono. É uma luxuosa vivenda, não acham?

— Para uma vivenda, parece ótimo. — Aquilo não era nada como uma fazenda simples de mil e quinhentos metros. Por Deus, tinha *cinco* hectares.

Entramos e meu queixo foi caindo enquanto Cahya parecia completamente atônita. Havia uma espaçosa casa de banho principal equipada com uma banheira de hidromassagem exterior. A cama era do tamanho de um quarto e cabia umas dez pessoas nela, fora a cabeceira que era toda em ouro e a decoração com as tais peças da coleção do dono. Ainda havia uma imensa sala de estar e jantar. Do lado de fora, vi jardins tropicais com vitórias-régias e um pequeno lago. E uma piscina privativa, que calculei ter uns dez metros, com um deck amplo cheio de espreguiçadeiras.

— Lorde Guntur especificamente pediu que os senhores ficassem com esta suíte.

— Por quê? — eu e Cahya questionamos juntos.

— Ora, vocês são o único casal da negociação. Ele quer que passem um ano novo espetacular aqui e que a viagem, além de ser a trabalho, também seja por diversão. — Dito isso, o mordomo deixou as malas perto da porta e fez uma mesura. — Vou me retirar. Se precisarem de mim, é só discar o número oito no telefone. Tenham uma ótima noite. — Fechou a porta.

Alguns segundos para nos acostumarmos com o que estávamos vendo se passaram. Cahya começou a caminhar pela suíte, observando tudo. Ela pareceu anotar mentalmente algumas coisas. Me mantive em silêncio, esperando-a.

— Elliot, meu amor.

Observei-a.

Por que ela estava me chamando de Elliot dentro do quarto?

— Sim?

— Vamos dormir? Estamos mesmo exaustos.

— Eu acho que preciso de um banho primeiro.

Ela sorriu.

E começou a puxar a alça do vestido para baixo.

— Vamos tomar banho juntos?

Oh, porra.

— Se eu a colocar no chuveiro comigo, sabe que faremos tudo, menos dormir.

Cahya riu.

— Você está certo.

— Você pode ir depois.

Cahya se aproximou de mim, passando os braços por meu pescoço, enquanto sorria. Ela colocou a boca no meu ouvido quando me abaixei para ela, enquanto começava a abrir o zíper da minha calça. Meu corpo acelerou, junto com o coração, e precisei segurar tudo em mim para escutar a sua voz extremamente baixa.

— Acho que estamos sendo vigiados. Se estiver errada, voltarei a te chamar de Mark. Até lá, sou sua esposa.

— Como vai saber? — sussurrei de volta, ajudando-a a tirar o vestido. Quando minha calça caiu, Cahya começou a puxar a jaqueta, tomando cuidado com a arma, para mantê-la dentro do bolso interno. A jaqueta desceu até o chão também.

— Amanhã vou averiguar os possíveis pontos. Agora, meu amor, eu preciso dormir.

Inspirei o perfume dos seus cabelos, e apertei sua cintura com força quando o vestido caiu e só sobrou sua pele e a lingerie. Fechei os olhos para não vê-la seminua. O beijo no avião foi necessário, mas também uma desculpa para senti-la mais uma vez. E agora eu queria beijá-la de novo, não em sua boca, mas tirar o ar dos pulmões de Cahya enquanto provava o que eu era capaz de fazer com a língua.

Minha mão desceu para sua bunda e apertou-a.

Cahya gemeu suavemente enquanto abria os botões da minha camisa.

Raspei a boca na sua orelha, mordiscando-a e passando a ponta da língua no lóbulo, enquanto tirava meus sapatos e as meias com os pés.

Minha camisa saiu e, então, só restou a boxer.

— Vou para o banho — rosnei.

Cahya riu contra a minha pele, um ar quente saindo dos seus lábios.

Me desvencilhei dela, dando as costas, sem olhá-la.

Mas pude sentir que Cahya não fez o mesmo.

O sorriso idiota não saiu do meu rosto enquanto enchia a banheira que provavelmente custava três anos do meu generoso salário.

Aline Sant'Ana

Uma missão por você

CAPÍTULO 19

Clan-clan-clandestino, oh
Así mismo lo quiso el destino
No busques problemas donde no los hay

— Shakira feat Maluma, "Clandestino".

MARK

Na manhã seguinte, acordamos cedo. Seis da manhã. Cahya tomou uma ducha na noite anterior depois que saí do banho e literalmente não conseguimos fazer nada além de dormir. Agora, ela estava parecendo interessada nas peças históricas do dono, enquanto procurava por câmeras. Nos chamamos de Elliot e Lauren até Cahya se dar por vencida de que ninguém havia invadido nossa privacidade.

Respiramos fundo.

— Vamos encontrar o Picasso hoje, Mark. Como vou fazer para não pular no pescoço dele?

— Da mesma forma que eu não matei a Suzanne.

— Tenho que prometer a você?

Sorri.

— Sim, porque, se ficar muito nervosa, eu vou ter que te beijar, como você fez comigo. Lembra?

— Ah, isso é desculpa. Eu te beijei porque você estava a um passo de fazer besteira.

Levantei a sobrancelha.

— E eu te beijei porque você tinha que se passar por minha esposa.

— Ah, certo, então vai virar rotina? — Ela não estava irritada, mas sim... curiosa. E debochando, provavelmente, da minha cara.

Sorri de lado.

— Talvez vire.

Cahya sorriu.

— Vou me vestir no que pode ser a última vez que coloco uma roupa antes de morrer.

Aline Sant'Ana

— Cahya...

— Ele pode saber como é o rosto de Elliot. E de Lauren. Se sentarmos naquela mesa do café da manhã e ele descobrir, estamos mortos.

— Não se eu puder evitar. E sinto que ele não nos conhece pessoalmente. Sinto que ele não conhece nenhum dos compradores. Guntur não seria burro...

— Lorde Guntur.

Revirei os olhos.

Cahya riu.

— *Guntur* não seria burro de ficar dando as caras nas negociações. Se eu comprei uma peça de arte pela internet, ele deve seguir essa linha com todos.

Ela ponderou por alguns minutos.

— Você tem razão.

— Vai dar certo.

— Tudo bem. Vou me vestir.

Eu havia pensado que Guntur faria uma reunião com todos, mas a mesa posta só cabia três pessoas. Eu e Cahya nos sentamos, tendo uma boa visão do resort de dia, e percebemos que era ainda mais chocante.

À distância, pude ver que já havia gente em uma das piscinas. Na verdade, quatro pessoas. Estreitei os olhos para ver melhor. Meu sangue ficou gelado quando vi que uma delas era Suzanne. Ela estava usando um biquíni minúsculo, tomando um drink, deitada na espreguiçadeira. Mas não pude analisar atentamente porque, um segundo depois, Guntur surgiu e sentou-se à nossa frente.

— Bom dia, casal.

Ele não deveria ter mais do que vinte e cinco anos, o que foi chocante para mim, e imagino que também para Cahya. Tinha os olhos puxados como os dela, mas não era totalmente indonésio. O homem tinha também descendência europeia ou americana. Seus cabelos eram castanho-escuros e a pele, bronzeada, mas a cor dos olhos era azul.

Estava vestido com uma calça branca e uma camisa social branca. Pareceria impecável, exceto pelas manchas de tinta em ambas as peças.

Ele sorriu.

— Bom dia, Lorde Guntur — Cahya se lembrou de dizer.

Ele começou a se servir das coisas que havia sobre a mesa, sem nem olhar para a nossa cara.

— Sabe, sempre tive vontade de casar. Nunca encontrei uma mulher que fosse esperta o suficiente para me prender. Mas ainda sou novo, devo achá-la depois. Por enquanto, transo com duas mulheres por dia. Como é a vida de casado?

Ele não conhecia os Walker.

Se conhecesse, estaríamos mortos.

Cahya estreitou os olhos.

— Perfeita — respondi.

Ele tomou o café ao mesmo tempo em que comia tantas coisas que parecia faminto.

— Sou muito a favor do amor. Sou um falsificador, mas também sou humano. — Ele sorriu com um pedaço de bolinho dentro da boca. — Imaginem a minha felicidade ao saber que os Walker se juntariam nessa negociação? Aqui só temos sugadores de almas... mas vocês são diferentes. Estão aqui pelo prazer e amor às peças, e não pelo dinheiro. Estou certo?

— Queremos participar da competição, de forma saudável — Cahya explicou.

Guntur riu.

— Não, não! Pelo amor de Buda. Isso aqui não é uma competição. Quer dizer, é. Mas não vou colocá-los em um Jogos Vorazes da vida. Eu vou analisar as pessoas e decidir para quem vou oferecer a proposta. Se o escolhido puder cobrir o valor da oferta, ficará com a maior parte.

Prendi a respiração.

— O que quer dizer com... a maior parte.

— Ora, cara, você acha que vou dizer? Só vai saber quem ganhar. — Ele fez uma pausa, comendo algo que parecia ser doce e com pêssegos. — Isto aqui é uma delícia, provem!

Cahya pegou a sobremesa.

Eu não me movi.

Guntur dançou o olhar por nós, sorrindo de boca cheia.

— Vocês foram um casal ótimo. Se tiverem mais filhos e não quiserem, podem dar um para mim. — Levantou. — Foi um prazer conhecê-los. — Pegou mais comida, enfiando tudo em um prato, e se serviu de mais café. — Sou muito ocupado, vocês sabem... as tintas e tudo aquilo. Divirtam-se. E tenham um ótimo

Aline Sant'Ana

dia.

— Quando será a reunião? — perguntei.

Guntur se virou.

— Não tem hora para nada aqui. Eu posso chamá-los em qualquer dia, a qualquer momento. Não vão haver reuniões, apenas... a gente comendo alguma coisa enquanto faço perguntas. E, se posso dar uma dica, sei que estão aqui pelo carinho que têm pelas minhas peças, mas... Na boa? Estejam pelo dinheiro também.

— Nós estamos — Cahya respondeu, sucinta.

O homem sorriu para ela e vi que a admirou com certa...

Segurei na toalha da mesa.

Luxúria?

— Você é linda, Lauren.

— Obrigada.

Guntur estreitou os olhos para Cahya.

Eu respirei fundo.

Guntur riu.

— Não seja tão ciumento. O amor é uma flor que merece ser compartilhada. — Balançou a cabeça. — Sou um merda quando o assunto é filosofia, mas você me entendeu.

— Entendi muito bem — respondi, a voz baixa, mas alta o suficiente para ele me ouvir. — Aqui, eu não compartilho nada. Lauren é a minha esposa. Intocável.

— Uh, entendi. Mas você é gostosa, Lauren. E você é um cara de sorte, Elliot.

Ele virou as costas e foi embora.

— O que foi isso? — Cahya perguntou baixinho.

— Nós ficando vivos porque Guntur não sabe a aparência de Elliot e Lauren. Aliás, Suzanne está na piscina.

— Então, acho que vou precisar tomar um sol.

Inspirei fundo.

— Eu vou com você.

CAPÍTULO 20

Will we find a way to start
Can I hold you for the one night
I wanna be with you for the whole night
Let me show you who you are
Can I hold you for your whole life
Wanna be with you til your last light

— Jarryd James, "Give Me Something".

CAHYA

Não conseguimos nos aproximar muito de Suzanne naquele dia; ela tinha amigos no resort que também estavam fazendo a negociação com Guntur. Mark e eu deitamos cada um de um lado, nas espreguiçadeiras, e ela sequer nos reconheceu da boate; eu duvidava que fosse. Suzanne estava determinada a se divertir, nem parecia preocupada se ganharia ou não a chance que Guntur estava prestes a dar, apesar de estar apertada até o pescoço e sem dinheiro.

Um dia inteiro passou. Mark e eu buscamos interagir e descobrir quem era aquela gente. Sr. Lee conversou conosco, assim como os gêmeos americanos, senhores White. Não tiramos muito, mas o suficiente para entender que estavam envolvidos não só com isso, mas com tantas outras coisas que deveriam estar com a ficha suja até a bunda.

Havia mais pessoas, cerca de uma dúzia no total, todas aparentemente normais ao invés de se parecerem com bandidos. A verdade é que todos ali eram muito ricos, e tudo fora da lei.

Mark e eu deduzimos que, no caso de Suzanne, ela estava ali com a chance única de conseguir o que quer que Guntur estivesse proporcionando, mas certamente relacionado a dinheiro. Deveria ser o bastante para passar o resto da vida tranquila. Ou ela não se dignaria sequer a visitar. Psicopatas não perdem tempo.

Ligamos para Stone na noite anterior, fazendo um relatório do que tínhamos conseguido. Stone não era idiota. Eu sabia que, assim que déssemos sinal verde, ele mandaria uma equipe para cá. Combinamos de Mark e eu sairmos com Suzanne antes de os agentes aparecerem, porque precisávamos levá-la secretamente para os Estados Unidos.

Coisa que ainda não tínhamos planejado.

Aline Sant'Ana

Mas eu era capaz de sentir a inquietude de Mark. Ele queria finalizar isso logo e, tão cedo fosse resolvido, eu o perderia.

Observei-o naquela noite, percebendo que Boen, o mordomo, havia separado um terno completo para Mark. Guntur daria uma festa hoje, e o maldito fez questão de avisar aos convidados para se vestirem *bem*. O que queria dizer que ele daria uma festa de gala para meia dúzia de pessoas em um lugar afastado, o que não fazia o menor sentido.

Eu ainda queria morder a cara daquele imbecil.

— Está nervosa?

Nem tinha começado a me arrumar. Estava com um robe de seda, com estampa vermelha oriental sobre o tecido branco, bem amarrado na cintura. Cruzei os braços e me apoiei no arco que separava a sala do quarto.

— Estou pensando que essa festa é a coisa mais idiota que já inventaram.

Mark riu.

— Essas pessoas são ricas, Cahya. Elas querem esbanjar o que têm. Fora que existe dinheiro sujo envolvido. É cômodo.

— Você está bonito.

Ele se virou para mim, os olhos quentes.

— Estou?

Pude ver as tatuagens do pescoço espreitando para fora da camisa branca. O terno em três peças, completo, em um tom magnífico de vinho, certamente combinava com o meu vestido. Eram peças trazidas por Boen, escolhidas a dedo por Guntur. Ele estava brincando de boneca com a gente.

Fui até Mark e ajeitei a gola da sua camisa. A gravata não parecia casar com o resto, então, comecei a desfazer o nó. Os lábios de Mark estavam bem perto, e eu podia ver a cicatriz sedutora no inferior, que também era sinônimo de heroísmo.

Arranquei a gravata e comecei a abrir os botões. O primeiro e o segundo. Seu perfume de lima e carvalho me atingiu com força, e eu inspirei ainda mais fundo. Ajeitei o colarinho, para que pudesse exibir um pouco da pele pintada de tinta.

Dei um passo para trás para ver se Mark estava bem assim.

Ele parecia ter vindo do próprio inferno de tão quente.

— Tenha certeza de que vai terminar de tirar a minha roupa quando começar, senhorita York. — A voz rouca, provocadora, me deixou arrepiada.

Sorri, mal sentindo as pernas.

— Você está me dizendo coisas perigosas, major Murdock.

Mark mordeu o lábio inferior.

— Da mesma forma que te pedi para não parar de tirar a minha roupa quando começar, prometo a você que, quando te provocar, eu não vou mais parar.

— Não vai?

Ele deu um sorriso de canto de boca.

— Não.

— E como vai ser?

Mark piscou.

— Não estou falando do sexo — esclareci. — Estou falando que você vai pegar Suzanne, enfiá-la em algum lugar que ainda não decidimos e desaparecer.

— Não.

— Mas, se tiver a chance, é assim que vai ser.

— Sim.

O fogo que dançava em mim foi cessando.

— Mark...

— Nós sabíamos que eu iria cedo ou tarde. — Ele deu passos largos até me alcançar. Suas mãos tocaram meu rosto, e senti a dor antecipada pela saudade, mesmo em sua presença. Os polegares de Mark acariciaram minhas bochechas, seus dedos no meu cabelo. — Lembra do que me disse no Natal?

— Lembro.

— Está percebendo o motivo de não ter tocado em você até agora?

— Eu vou sentir sua falta mesmo se você não transar comigo.

— Ainda não é a hora, Cahya.

— De transarmos?

— Não é a hora de você sentir a minha falta. — Pegou minha mão, e passeou a palma por seu rosto, a barba macia acariciando minha pele. Mark fechou os olhos. — Eu ainda não terminei de fazer o que quero com você. E nem sei se, quando terminar, vou me sentir satisfeito. O momento, lembra?

— O momento — sussurrei.

— Um passo de cada vez, e agora temos a maldita festa.

— Acho melhor eu me trocar.

As pálpebras de Mark se abriram.

— Você está entregando pedaços a mim? — questionou quando dei um passo para trás e me livrei de suas mãos quentes.

Não fui capaz de mentir.

— Estou.

Mark apertou os lábios.

O silêncio reinou por minutos inteiros.

— Por favor, vá para o seu banho. Ou a gente não vai sair desse quarto.

Oh, Deus.

Puxei o laço do robe, abrindo-o. Mark admirou meu corpo quando a peça escorregou dos ombros e caiu no chão, suas negras pupilas consumindo toda a cor escura das íris. Ele zanzou a atenção por cada centímetro, como se seus olhos pudessem me tocar.

— Vou para o banho — sussurrei.

Ele não disse nada, porque sabia que não tinha como falar.

A atração por esse homem ainda iria me queimar viva.

E todo o sentimento que havia com ela, também.

CAPÍTULO 21

I feel like I'm drowning
Aah, drowning
You're holding me down and
Holding me down
You're killing me slow
So slow, oh-no

— Two Feet, "I Feel Like I'm Drowning".

MARK

A todo momento, me lembrava de que estava aqui em uma missão e que não deveria nem poderia arrumar distrações. Eu tentava puxar, lá do fundo, a única parte racional que existia, mas agora parecia distante demais.

Eu tinha, nesse exato segundo, uma mulher caminhando ao meu lado, de volta para a nossa suíte, e ela estava com um vestido vinho que parecia uma segunda pele, com estampas orientais, entre dourado e branco, que a deixavam ainda mais inacreditável. Vi, durante toda a noite, homens olhando para ela, inclusive Guntur. Percebi que não conseguia ser racional quando o ciúme me cegava, não conseguia ser um militar condecorado quando alguém *tocava* nela.

Dançaram com Cahya.

Beijaram sua bochecha.

Serviram drinks para ela.

Quiseram-na em suas camas.

E eu a tirei de lá depois de quarenta e dois minutos e treze tortuosos segundos, alegando dor de cabeça.

Os olhos uísque com absinto me afogavam em profundos sentimentos e, quando simplesmente me dava conta de que não poderia tê-la, o certo, racionalmente falando, seria recuar.

Toquei sua cintura, apoiando a base de suas costas.

Eu não era *capaz* de fazer essa merda.

Fraco, estúpido e irresponsável. Eu me xinguei de verdade mentalmente. Aquela festa talvez fosse a prova que Cahya tanto precisava.

Mas a vi nua naquela tarde.

Aline Sant'Ana

Eu a toquei quando estava em seu apartamento.

Eu prometi que não pararia se fizesse de novo.

Inspirei, irritado.

— Você está bem?

— Sim.

— E a dor de cabeça?

— Era mentira.

Cahya parou no meio do gramado. Ainda éramos capazes de escutar a música tocando e a luzes alcançando tão longe, que passeava por nossos corpos.

— Você saiu sem motivo? — Pareceu irritada. — Guntur estava bebendo, se abrindo para mim, falando sobre seu grande plano!

— Sinto muito.

— Você enlouqueceu?

— Talvez eu tenha ficado louco.

— Mark! Eu vou voltar para lá *agora*.

Ela começou a caminhar de volta para a festa.

— Cahya?

— O quê? — Virou-se para mim, as bochechas vermelhas pela irritação e talvez pelos drinks que aceitou.

— Volte comigo.

Piscou e ficou longos segundos em silêncio.

— Voltar para onde?

— Para a casa, mansão, suíte, o diabo que for.... — Tirei as mãos dos bolsos da calça social. Caminhei até ela, sem pensar. O perfume de Cahya se misturava à grama fresca e ao sereno da noite. Levei as mãos até a cintura de Cahya, puxando-a para mim. Colei nossos narizes em uma fração de segundo. — Deixa-me provar você, cada parte sua, com a minha boca, minhas mãos e todo o meu corpo. Eu não quero parar dessa vez, eu prometi que não ia.

Ouvi meu coração bater como um louco após falar. Talvez fosse a dose de uísque com gelo que bebi na maldita festa; não estava acostumado com bebidas alcoólicas como os rockstars, e nunca bebia quando estava no trabalho. Talvez fosse o ciúme criando voz. Talvez fosse meu corpo não aguentando mais esperar.

Cahya espalmou as mãos no meu peito. Aqueles expressivos olhos desceram dos meus para minha boca. Ela subiu uma mão para o meu rosto, traçando o meu lábio inferior com o polegar, acariciando a cicatriz que havia ali.

Assisti-a umedecer os próprios lábios em resposta.

— Eu quero, mas não posso agora. — Afastou-se. — Preciso voltar para lá e arrancar de Guntur o que eu for capaz de conseguir. Suzanne também está na festa, e grudada nele, o que é bom, se puder tirar mais informações dela também...

Abri ainda mais espaço entre nós.

— Cahya, sinto muito por te colocar nessa posição.

Ela sorriu.

— Você não vai conseguir voltar para lá?

— Para te assistir flertando, tocando em Guntur e arrancando dele tudo o que quiser? Não, eu não vou.

Um lampejo de reconhecimento passou em seus olhos.

— Você está...

— Estou — respondi antes que perguntasse, já virando as costas. — Boa noite, Cahya.

Ela não me impediu nem pediu para eu tentar ficar por ela.

Apertei os punhos ao lado do corpo.

Eu socaria Guntur antes de colocá-lo atrás das grades.

Estava sozinho, com as luzes apagadas, bebendo uma taça de vinho. Era a terceira da madrugada. Queria que calasse a ansiedade pela ausência de Cahya e que minha mente parasse de criar cenas com ela embaixo de outro homem.

Me levantei e tirei algumas peças da roupa, irritado, dobrando o terno e o colete sobre a cômoda do quarto, além de colocar o cinto sobre as peças. Fiquei só com a camisa social e a calça, voltando para a terceira taça de vinho. Três, né? Bem, fazia três horas que Cahya não voltava.

A cada hora, mesmo odiando, eu bebia.

O uísque não foi o suficiente.

Abri um botão da camisa, e mais outro. O calor daquele lugar, abafado e úmido, me irritava cada vez mais, mesmo com o ar-condicionado ligado. Escutei um som suave na porta principal e soltei um suspiro, encarando o relógio.

Quatro horas e nove minutos da manhã.

Aline Sant'Ana

Cahya abriu a porta e tirou os saltos, para não fazer barulho, como se fosse uma adolescente que não quisesse acordar os pais. Ela entrou no ambiente escuro, e acendi subitamente as luzes.

— Ai, meu Deus! — Pulou, derrubando os saltos. Levou a mão ao coração, me encarando com a boca aberta. — Você quer me matar de susto?

— Conseguiu as informações?

— Sim. — Respirou fundo, se recompondo. — Gravei tudo no celular, para não correr o risco de esquecer nada, e enviei para o Stone. Guntur cantou como um canarinho, eu até sei o que ele quer com todas essas pessoas aqui. Além disso, Suzanne quer esse negócio porque é uma proposta bilionária e...

Cahya continuou tagarelando.

Não ouvi uma palavra.

Bebi em um gole o que restou na taça e me levantei.

— ... eu acho que a gente consegue resolver isso em mais algumas semanas. Sabia que Guntur vai adiar ainda mais essa viagem? Vamos passar mais tempo aqui do que pensamos e...

Cheguei perto de Cahya, mas não perto o bastante para tocá-la.

— Você quer ouvir meus áudios? Tenho toda a informação...

— Não.

— Mas...

— Não, Cahya.

Ela abriu a boca para rebater e fez aquela coisa com as sobrancelhas quando estava muito irritada. As bochechas coraram.

— Você me fez ficar lá *sozinha* no meio de um monte de gente maluca e... — ela começou a gritar.

Mas não durou nem meio segundo.

Porque eu calei sua boca com a minha.

Trouxe seu corpo para o meu pegando na bunda gostosa e, com a mão livre, toquei seu rosto, não deixando espaço entre nós. A física dizia que dois corpos não podem ocupar o mesmo espaço, então acho que desafiamos as leis. Me tornei parte de Cahya, e a fiz ser parte minha. Bebi de sua boca com a vontade que não encontrei no uísque e no vinho, porque era *esse* sabor que eu queria degustar. Cahya gemeu quando minha língua encostou na sua, em um giro lento e provocante. Meu pau deu um impulso por trás da calça, já duro desde que a vi entrar pela porta.

Uma missão por você

Sem mais barreiras.

Sem mais limites.

Éramos só nós dois.

Cahya colocou os dedos gelados no meu peito, descendo a ponta das unhas em direção à barriga, me deixando louco. Rosnei no meio do beijo, mordendo, punindo, degustando, sentindo. Sua língua tinha gosto de laranja com mel, e foi gostoso o suficiente para eu apertar com bastante força toda a carne que encontrava.

Judiei de sua bunda.

Devorei seus lábios.

Amoleci seu corpo inteiro.

— Espera, espera... — sussurrou quando fui para seu pescoço.

Sorri contra a pele dela.

— Fale.

— A gente vai... *a gente vai*?

— A gente vai, Cahya. — Soltei uma risada rouca.

— Agora?

— É. — Peguei seu lóbulo entre meus lábios, chupando, atiçando com a ponta da língua. *Mas que mulher quente.* Senti-a estremecer em meus braços quando comecei a puxar a alça do seu vestido. Voltei para sua boca e fiz a pergunta raspando nossos lábios: — Quer que eu pare?

— Só mais um pouquinho... — Ofegou e começou a arrancar minha roupa. Nos afastamos por apenas dois segundos, o suficiente para minha camisa beijar o chão.

O vestido de Cahya desceu por seus pés. Voltei para sua boca, não saciado e louco por ela. Passamos tempo demais levando um ao outro ao limite, e, agora que havíamos ultrapassado todos, nossos beijos tinham gosto de liberdade.

O sabor do beijo, o que ela era capaz de fazer com a língua, a maneira que tocava o céu da minha boca, arrepiando cada centímetro meu. Fazia tantos anos que não beijava uma mulher com intenção sexual, tantos anos que não imaginava um corpo quente recebendo o meu, que tudo aquilo pareceu fruto da minha imaginação.

— Sua língua tem sabor de vinho.

— Você gosta?

Aline Sant'Ana

— Minha nova bebida favorita.

Sorri.

Não me preocupei de ver a lingerie que ela usava, fui de encontro à sua bunda, apertando as nádegas com ambas as mãos, espaçando-as para mim e imaginando como isso seria com Cahya em cima de mim. Meus dedos rasparam onde deveria haver uma...

Meu pau latejou dolorosamente.

— Você está sem calcinha? — rosnei em sua boca.

— O vestido é de seda.

— Quê?

— Marca... se usar... — sussurrou no meio dos beijos. Parei, peguei seu queixo com o indicador e o polegar, e a fiz me encarar nos olhos.

— Porra, Cahya — sussurrei, o ar quente batendo em seu rosto.

Sua boca estava manchada de batom e, provavelmente, a minha também.

— Eu fiquei irritada que você saiu da festa e não se importou comigo. — Soltei seu queixo. Os olhos dela dançaram por mim, com luxúria. Ela olhou meu tórax, barriga e a ereção dolorosa. — Mas não fui justa ao te provocar ciúmes, o que me faz pensar que... você *se importa*.

— Sim — murmurei, rendido a ela. — Eu me importo demais.

— Então, acho que te devo desculpas.

— Hum?

Não respondeu. Todo o controle de pegá-la e beijá-la foi passado para Cahya no momento em que ela puxou meu rosto para me beijar. Seu sutiã raspou no meu tórax, arrepiando-me, enquanto sua língua virava em volta da minha, com Cahya angulando o rosto para me receber profundamente. Pegue seu seio direito e, mesmo com o sutiã atrapalhando, senti o bico duro e pedindo minha boca.

O calor das nossas peles...

Meu corpo já estava fervendo, tudo em mim necessitando dela, e a cada beijo e cada toque era como se Cahya me levasse a um passo de uma queda.

E eu queria cair.

De olhos fechados, senti sua boca descer por meu pescoço, os lábios raspando depois por meu ombro direito e indo de encontro ao tórax. Cahya foi me guiando para a sala, enquanto ainda me provocava com sua língua. Senti a beirada do sofá bater na parte de trás das pernas, minhas mãos em cada centímetro daquela mulher.

— Senta, por favor — Cahya sussurrou, voltando para a minha boca. Senti sua cintura na palma das mãos, e desci mais uma vez para sua bunda, moendo-a contra mim.

Me sentei.

— Você é um homem grande. Precisava que estivesse sentado.

— Por quê?

— Vai descobrir.

E só então abri os olhos.

O sutiã fino era vinho e ela estava nua da cintura para baixo. Era tentador escorregar os olhos primeiro para *lá*, mas eu queria analisar cada pedaço do seu corpo, de um jeito que não pude fazer mais cedo. Cahya levou as mãos para suas costas, abrindo o fecho do sutiã, jogando-o no chão. Senti seus olhos em mim, mas não pude aproveitar o momento porque, caralho, ela estava nua.

Cahya deu um passo à frente, ficando entre minhas pernas, me deixando vê-la.

O bronzeado escondia a cor pálida de sua pele, e era exatamente isso que fazia a ereção se tornar dolorosamente gostosa. Vi seus bicos duros, as auréolas pequenas, minúsculas pintinhas descendo por seu corpo e entre os seios. A barriga de Cahya descia lisa e ela tinha um vão suave, que imediatamente levei minhas mãos para lá, tendo tempo de admirar o que eu queria.

Céu e inferno.

Sua boceta estava molhada. Pude vê-la brilhando para mim, a parte interna de suas coxas levemente úmida de prazer. Vi o clitóris inchado, implorando para receber minha boca, e voltei os olhos lentamente até chegar aos de Cahya.

Minha respiração estava alterada quando a encarei e a vi morder o lábio inferior.

Levei a ponta dos dedos até sua virilha, vendo-a fechar os olhos, enquanto a tocava com ambas as mãos. Raspei a pele lisa dali com os dez dedos, sem encostar onde ela queria receber-me, zanzando por sua pélvis, passeando e brincando com a sanidade dela.

Respirei fundo.

A pele de Cahya se arrepiou, e eu fui subindo o contato, tão suave e leve, como se estivesse brincando com uma pena. Cahya estremeceu, e eu levei as mãos para sua barriga, subindo mais um pouco, brincando com a volta do seu umbigo,

Aline Sant'Ana

até tocar seu estômago e subir mais. Cheguei perto o suficiente para pegar seus seios e fechá-los em um aperto nada suave. Ela abriu os olhos, se inclinou para mim, e eu comecei a brincar com os polegares em seus bicos, sentindo-os duros.

Cahya gemeu.

E começou a se abaixar.

Abri os lábios, precisando de mais espaço para respirar.

De joelhos, Cahya começou a abrir o botão da minha calça, seus olhos fixos nos meus. Vi que seus dedos estavam trêmulos quando puxou o zíper. Levei minha mão para seu pulso, segurando-o com leveza.

— Quer parar?

— Só mais um pouquinho.

A calça se foi e eu levantei os quadris para ajudar a puxá-la. Tiramos das minhas pernas, e Cahya se embebedou de mim. Fez a mesma coisa que eu quando admirei seu corpo, dançando por meu tórax, barriga, os músculos que havia ali, o vão que levava ao meu pau, a boxer apertada demais para contê-lo.

Ela levou suas mãos ao meu tórax, passeando por ele com a ponta das unhas. Instintivamente, meu quadril foi para a frente, pedindo para entrar em sua boceta. *Me deixa entrar em você.* Cahya sorriu e eu gemi quando desceu para a barriga, arranhando e provocando, até chegar ao elástico da boxer preta.

Cahya umedeceu a boca e começou a puxar o elástico.

Prendi os lábios e deixei minha cabeça cair para trás quando levantei o quadril e a deixei se desfazer da última peça. Precisei voltar a olhá-la, porque suas mãos vieram para as minhas coxas duras, Cahya apertando-as e sentindo tudo em mim. Meu sexo deu um salto involuntário, a cabeça molhada de pré-gozo. Fazia dez anos que eu não tinha uma mulher em minha cama, e não sabia quanto tempo ia durar.

— A tatuagem que eu não vi é o número dezesseis.

— É — sussurrei.

Assisti-a, meio como se estivesse fora do corpo, levar uma mão para as minhas bolas, apertando-as gentilmente. Soltei um gemido rouco misturado a um sussurro do seu nome. As íris de Cahya estavam brilhando para mim quando sua outra mão veio de encontro ao meu pau duro e muito ereto por ela. Ofegantes, ouvi Cahya gemer quando o pegou e fechou o aperto nele, na pressão perfeita para começar a subir e descer. Cahya ainda estava com a mão nas minhas bolas, e isso o deixou insuportavelmente duro. Meu quadril foi para cima mais uma vez, e depois outra, ditando um ritmo. Cahya estava me observando enquanto fodia de leve sua mão, e eu não conseguia tirar os olhos do corpo dela e de sua boca manchada de batom.

Seu rosto veio para perto da minha virilha, começando a lamber. Apontou a língua no lado esquerdo, ainda bombeando meu pau, ainda segurando minhas bolas, parecendo me tocar em cada parte que eu...

— Cahya, faz dez anos que não...

— Tudo bem — murmurou, lambendo a base do meu longo sexo.

— Se continuar assim, talvez... — gemi.

— Shh...

Seus olhos colaram nos meus quando Cahya passou a língua na ponta, umedecendo toda a extensão. Achei que estivesse morrendo com as batidas loucas do meu coração quando ela lambeu a glande, engolindo a cabeça, experimentando meu prazer em sua língua.

— Eu queria tanto fazer isso — murmurou quando se afastou e depois mergulhou a boca no meu sexo de novo, só a cabeça do pau entre seus lábios. Ela chupou e eu tremi, agarrado ao sofá.

Cacete.

Gemi e peguei com uma mão os seus cabelos soltos e lisos, fazendo um rabo de cavalo com o aperto. Cahya abriu um sorriso com meu pau em sua boca, e foi o suficiente para me fazer perder o bom senso.

Meu corpo já estava formando uma camada de suor quando levantei o quadril, testando o que poderia caber dentro da boca de Cahya. Ela alargou mais e relaxou a garganta, tentando me receber por inteiro. Bati o pau lá no fundo, o espaço quente e molhado sendo um choque para um tesão que eu não queria controlar. Ergui o quadril, guiando Cahya para baixo, gemendo e estocando em sua boca. O máximo que conseguiu receber foi até a metade, mas aquilo já era suficiente...

Cahya encarou-me quando levou a mão mais uma vez para minhas bolas, querendo me acariciar enquanto me chupava. Com a mão livre, pensei que o seguraria por ser tão pesado, mas, ao invés, passeou-a pela minha barriga, vindo do meu peito até onde estávamos conectados. Ela me arranhou, deixando tudo vermelho, latejando e pedindo por ela. Sem tirar a boca do vai e vem, segurei seus cabelos com mais força, estocando mais rápido e fodendo-a como queria fazer com sua boceta. Seus olhos estavam brilhando, ela parecia perdida, os bicos dos seios denunciando que estava excitada enquanto me sugava.

E Cahya fez isso, sugou quando entrava o máximo que podia, apertando a parte interna de sua boca em mim, bombeando meu sexo para ela.

Porra, ela sabia fazer sexo oral como uma deusa.

Fodi uma, duas vezes mais, até abruptamente precisar sair de dentro de sua boca. O calor subindo na cabeça, o gozo pronto para derramar nela. Respirei fundo, me segurando, o sexo pulsando pelo prazer que contive.

Tonto e louco por ela, eu precisava de um tempo para respirar fundo. Fechei os olhos, sentindo o prazer latejando cada centímetro, o coração acelerado porque, dessa vez, não estava resolvendo as coisas sozinho.

Abri os olhos, e vi Cahya acariciando minhas coxas, me admirando.

Aquele olhar expressivo me dizia que ela não queria só mais um pouquinho.

Nem eu conseguiria dar pouco, sabendo que Cahya merecia tudo.

Me sentei ereto no sofá, completamente exposto para ela. Peguei seu queixo e me inclinei em sua direção, beijando sua boca. A língua passou para dentro, o gosto salgado do meu pré-gozo no beijo. Gemi com o prazer de sentir o sabor de sexo naquela língua.

Afastei-me, inspirando fundo, e estudei seus traços.

— Não vai ter "só mais um pouquinho" quando eu te deitar nesse sofá e começar a chupar a sua boceta.

Cahya abriu os lábios, surpresa com o que eu disse.

Prendeu a respiração e desceu os olhos pelo meu corpo, para depois voltar a me encarar. O que Cahya via? Um cara completamente excitado por causa dela, com a respiração quente batendo em seu rosto, entregando o último pedaço que guardava, porque sabia que, quando a tocasse, quando entrasse em seu corpo, não teria mais volta.

Eu seria dela.

— Não vamos parar.

— Tem certeza?

Cahya beijou minha boca e sussurrou um sim contra meus lábios.

E isso foi tudo que eu precisava ouvir.

CAPÍTULO 22

'Cause we could be romantics for life
Go wild with our scars unhealed
Ooh, ooh
We could be romantics for life

— *Tove Lo feat Daye Jack, "Romantics".*

CAHYA

Sabemos quando uma tempestade virá no momento em que a previsão meteorológica alerta na televisão, rádio ou jornal. Temos consciência do vento forte, da chuva intermitente, precedendo uma ainda mais impressionante, e aquele presságio de que algo irá acontecer. Sinais que vemos com nossos olhos, a sensação em nossa pele, além do sentimento em nossos corações.

Mark Vance Murdock era a minha tempestade.

A previsão de que ele seria intenso foi anunciada através dos sinais que me deu. Eu tive consciência do quanto aquele homem era arrebatador. Chegou devagar, eu vi aos poucos isso crescer. Senti, como o aviso dos ventos fortes, seus beijos, os toques, e vivi isso em minha própria pele. Além do sentimento, havia sinais de alerta gritando em meus ouvidos: ele vai ser uma força da natureza.

Nunca, em toda a minha vida, vi ou tive um homem tão gostoso na minha cama. Não havia outra palavra para descrevê-lo, tudo nele dava vontade de *colocar a boca*. Os músculos em suas coxas, em seu tórax e abdome, as tatuagens brincando com sua pele, o bronze do calor de Miami e... aquele sexo. O pau longo, que alcançava o umbigo dele quando sentado, e que mal tive a chance de colocá-lo todo dentro. Grande, cheio de veias, com a glande rosada e molhada de prazer.

Mark levantou do sofá abruptamente e me puxou para cima, me beijando em seguida. Não queríamos adiar nem mais um segundo. Ouvi nossos gemidos ofegantes no meio da sala, a maneira que estávamos perdidos um no outro, e, enquanto não conseguia pensar com coerência, Mark me surpreendeu. Me puxou em seu colo, carregando-me mesmo, para depois descer comigo e me sentar no sofá.

Seus joelhos tocaram o chão.

Senti alguma parte do meu corpo, que ainda não tinha reagido dessa forma, começar a aquecer pelo nervosismo.

Mark se afastou e me observou por alguns segundos, antes de colocar as mãos na parte de trás dos meus joelhos, enfiar meus pés em seus ombros e começar a abaixar o rosto em direção à minha vagina. Mark me abriu completamente para ele, me segurando onde queria que eu ficasse, e fechei os olhos.

Porque... eu tinha vergonha de receber sexo oral. Era íntimo e geralmente péssimo. Na hora, não disse nada porque, meu Deus, era Mark Vance Murdock ali. O homem que foi um major, que me deixou louca por ele, além do meu corpo que não queria fazer nada mais do que não passar o dia sendo...

Puta.

Merda.

Olhei para baixo, enquanto minha boca automaticamente se abria para gemer alto. Mark estava com o rosto entre as minhas pernas, sorrindo da minha reação, sua língua subindo e descendo, rodando e provocando. A ponta dos dedos vasculhando os *lábios*. Olhos fixos nos meus. Joguei um braço para trás e agarrei a almofada que estava servindo de apoio para as minhas costas. Mark sabia o que fazia.

Ele sugou meu clitóris, no mesmo segundo em que colocava um dedo dentro de mim. Senti-me pulsar em torno dele, o clitóris tão sensível que qualquer toque... O choque quase me fazendo gozar. Inspirei fundo, gemendo, tentando encontrar racionalidade no meio daquilo, mas a verdade era que não havia uma. Naquele sofá, me senti a um passo da loucura, agarrando-me a almofadas porque ele nem tinha entrado em mim ainda e já era o melhor sexo da minha vida inteira.

A língua implacável, quente e molhada, veio forte, e ele colocou mais um dedo em mim, estocando duro e rápido.

Eu me perdi.

Meu quadril ia de encontro à sua boca e eu rebolava em seu rosto, sem qualquer vergonha ou pudor. *Com ele é diferente.* Veio um impulso de pensamento na minha cabeça, enquanto eu acariciava seu rosto, para guiá-lo, sem que Mark precisasse disso.

Dois dedos viraram três. Mark estava me preparando para ele, e eu abri mais as pernas, tirando os pés dos seus ombros. Ele veio ainda mais para cima de mim, sua outra mão subindo, agarrando um dos meus seios, sua boca me levando cada vez mais além, cada segundo mais. Ele acelerou os dedos, a língua e, em contrapartida, seus dedos da outra mão brincavam com meus bicos com a leveza e a delicadeza de uma preliminar.

— Mark...

— Eu sei — sussurrou e voltou a me chupar.

Milhões de fogos de artifício desceram da minha barriga para o clitóris, me explodindo em um orgasmo agudo e quase tortuoso. Eu gemi com força, com a voz muito alta, assistindo, como se fosse uma terceira pessoa, o meu rebolar em sua língua, os dedos de Mark perdendo o ritmo para não me machucarem, sua boca vermelha levando o clitóris inteiro para dentro.

E, então, mais uma vez.

A onda surgiu suave, mas deliciosa. E Mark, como se conhecesse o meu corpo além de mim mesma, lambeu meus *lábios* uma última vez antes de tirar os dedos. Minha cabeça ainda girava quando ele beijou a pélvis com carinho e subiu o beijo para a barriga, deixando a língua brincar em torno do meu umbigo, e suas mãos foram subindo junto com seu rosto, me tocando enquanto me sentia. Eu estava sentada, com Mark quase montado em cima de mim. Ele sugou meus bicos inchados por ele, levou seus beijos para o meu pescoço, judiando dali. Agarrou meu cabelo, puxando meu rosto para trás, o queixo apontado para cima. Mark montou no sofá, um joelho entre minhas pernas e o outro do lado direito do meu quadril. Ficou sobre mim e, com toda aquela altura, meus lábios rasparam alguma parte da sua barriga. Vi-o rolar os olhos e descer, lentamente, sua boca para me beijar.

Meu gosto estava em sua língua, o seu sabor, na minha. O sexo que fizemos e tudo o que ainda não tínhamos feito me desesperou para não gastar um segundo. Levei minha mão para suas costas enquanto o beijava, descendo em direção à bunda redonda. Mark trouxe seu quadril para a frente e o seu imenso sexo, ainda duro, tocou alguma parte minha que estava tonta demais para descobrir.

Ele gemeu e se afastou.

Sentou ao meu lado do sofá e eu fiquei ali, parada, totalmente fascinada por ele. Meus joelhos ainda tremiam, por mais que estivesse sentada, quando o assisti estender a mão para o lado e pegar a carteira na mesinha.

Encarando meus olhos, Mark abriu-a e puxou um pacote prateado, abrindo-o com a boca. Tirou a camisinha e segurou. Quando ia colocar, segurei sua mão.

— Eu quero fazer isso. Posso?

Todas as experiências que nunca poderíamos ter deveriam ser feitas esta noite. Toda a rotina de um sexo entre pessoas que se conhecem uma vida inteira teria que acontecer agora. Quando Mark fosse embora, eu poderia dizer e sentir no meu coração que vivemos o que merecíamos.

No tempo que tivemos para viver.

Engoli em seco, a emoção atrapalhando minha garganta, quando deslizei a borda da camisinha por seu sexo até protegê-lo. Mark levou uma mão ao meu rosto, acariciando-me, seus olhos tão angustiados quanto os meus, como se estivesse pensando exatamente a mesma coisa.

Mas eu não deixei que falasse.

Porque, se dissesse qualquer coisa, eu jamais conseguiria deixá-lo ir.

Em um impulso, montei em seu colo, com os joelhos sobre o sofá, em cada lado de seu quadril, e o dorso dos meus pés apoiados sobre seus joelhos. Coloquei as mãos em seus ombros e desci o rosto para o dele. Senti sua respiração se misturar à minha, o nosso beijo antecipando o que viria quando os lábios se tocaram. Mark me beijou lento, vagaroso, a língua sem pressa desbravando minha boca. Suas mãos desenharam em mim círculos e espirais, com Mark descendo a ponta dos dedos pelas minhas costas. No caminho, uma mão se agarrou à minha cintura e a outra, à bunda, em um aperto firme.

— Quando estiver pronta — sussurrou, interrompendo o beijo lânguido.

Levantei o quadril e tirei uma mão do seu ombro para colocá-la entre nós. Mark estava de olhos abertos, as pálpebras semicerradas de prazer. Umedeceu a boca quando segurei seu sexo e estremeceu quando percorri a cabeça do membro por onde pulsava por ele. Molhei-o bem e soltei um suspiro.

Colei nossas testas.

Um choque se instalou no clitóris, meu corpo se adaptando ao do homem embaixo de mim, o frio na barriga se misturando à pulsação do tesão. Fui descendo, pouco a pouco sendo preenchida por Mark, que gemeu junto comigo, os olhos negros brilhando como um universo cheio de estrelas. Suas mãos afrouxaram o aperto, como se quisesse deixar claro que poderia fazer o que quisesse, porque eu estava no controle.

O prazer de senti-lo foi calando a ansiedade, o medo e a inevitabilidade da ausência de Mark no futuro. O tesão me arrebatou como um vulcão incontrolável quando cheguei à metade do seu sexo, sem dor e só com a vontade de tê-lo cada vez mais fundo. Tirei a mão do meio e levei até o seu rosto, acariciando-o em tudo que fui capaz de tocar. Busquei sua boca para beijá-lo, nossos olhos não ousando se fechar, quando meu quadril desceu até que pudesse me sentar em Mark.

Ele era imenso e largo, e estava todo dentro de mim, preenchendo-me. Fazia anos, e uma ardência ameaçava me tirar o foco, mas foi... indescritível. Era como se Mark coubesse exatamente ali, como se pertencesse aos meus braços.

Segurei seu ombro com força e a outra mão trouxe seu rosto para calá-lo com o gemido que viria. Mexi o quadril para cima e para baixo, só minha bunda se movendo devagar, o choque do ir e vir engolindo partes minhas que antes estavam em silêncio. Bebi seu gemido. Mark engoliu o meu. Suas mãos me apertaram, quase causando dor pela intensidade. Na terceira vez que desci, suas pernas escorregaram um pouco mais para o lado, seu corpo tenso e relaxado ao mesmo tempo.

Entregue.

Separei-me do beijo porque, de repente, precisei de mais. A consciência do seu pau dentro de mim e as bolas me tocando entre a vagina e a bunda... eu simplesmente *precisei* de mais. Acelerei o vai e vem, ouvindo os estalos de nossas peles cada vez que eu me levantava um pouquinho e me abaixava com força. Mark afundou os dedos onde tocava, sua boca raspando onde encontrava, o grunhido de lamentação por um tesão que não éramos capazes de resistir.

— Ah, Mark...

O quadril dele começou a se movimentar para cima, de encontro ao meu. A camisinha era tão fina, que pude senti-lo pulsar e o calor febril do membro. Minha vagina se apertou com ele dentro.

— *Porra*, você tá pulsando em volta de mim — sussurrou. — Vem... assim.

Aceleramos em um nível que foi além do explicável.

Ele tocou meus seios, meu quadril, apertou minha bunda e a espaçou como se quisesse me abrir ainda mais para ele. Foi bruto quando Mark se enfiou em mim de novo, porque afundou as mãos nas nádegas e me desceu com força.

Isso tirou o ar dos meus pulmões.

Ao mesmo tempo, um orgasmo violento veio sem aviso prévio. Espirais fumegantes, elétricas, de onde estávamos conectados até o bico dos meus seios. Beijei-o enquanto gozava, porque, de repente, precisei daquela boca para sobreviver. Mark diminuiu o ritmo um pouquinho enquanto ainda me estocava. Dessa vez, meu quadril suspenso, e só o dele se movimentando para alongar meu prazer.

— Você é tão gostosa...

— Eu quero... eu quero...

— Mais?

— Eu quero mais.

Tonta, desci de encontro ao seu colo quando recuperei o fôlego. Mark chiou uma respiração abafada quando voltei a acelerar, seu ritmo sem qualquer esforço ao me acompanhar. Minha pele foi beijada pelo suor e calor, todos os fluídos deixando um cheiro salgado no ar.

Mark, de repente, se levantou, com as mãos na minha bunda, sem desconectar nós dois. Fiquei surpresa por uns cinco segundos antes de ele me levar até a parede mais próxima, me pressionar contra ela e começar a estocar com força.

Um beijo veio, diferente dessa vez. A ponta das línguas se tocando, nossas bocas abertas, ofegantes. Luxúria. Agarrada aos ombros de Mark, com as pernas em volta dele, fui me sentindo livre e leve, e achei que era uma nova onda de orgasmo, até entender que Mark me tirou da parede.

Eu estava em seu colo, sem nada para me apoiar.

— Você confia em mim? — questionou, a voz rouca, beijando meu queixo e chupando meu lábio inferior.

— Confio.

— Se apoia em meus ombros e deixa o seu corpo leve. Solta seu peso.

— Quer... que eu solte meu peso em suas mãos? — Pisquei, bêbada do sexo.

— Quero que sente nas minhas mãos.

— Tudo bem. — Fui relaxando, minhas pernas em torno do seu quadril, mas sem segurá-lo. Confiei em Mark o suficiente para saber que aqueles braços eram fortes o suficiente para me manterem no ar.

E, então...

Mark me provou que tudo que eu conhecia sobre sexo era brincadeira de criança perto do que ele sabia fazer.

Suas mãos, segurando minha bunda, se movimentaram para cima e para baixo apenas uma vez, como se ele estivesse fazendo um exercício para os bíceps, exceto que eu era o seu peso e o prêmio era entrar em mim.

Olhei para baixo.

— Mark...

Voltei para seus olhos.

Ele não estava sequer ofegante quando sorriu.

— Gostoso?

Naquela posição, ele atingia partes minhas que pareciam estremecer só com uma estocada.

— Eu...

Ele me deu um beijo suave na boca.

— Você...?

— Vou gozar se você entrar em mim uma segunda vez — ofeguei.

Mark sorriu de lado e não precisou responder com palavras, porque as ações dele foram a caracterização de todos os pecados.

Desceu meu quadril de encontro ao dele, sem precisar de apoio para me manter em seu colo. Foi a segunda vez, o suficiente para me arrematar em um orgasmo enlouquecedor. Ele procurou a minha boca, me beijando, buscando seu próprio prazer.

Mark pareceu ainda mais intenso.

Sua boca estava entreaberta, os lábios, vermelhos dos beijos. As veias saltaram em seu pescoço, o tesão varrendo seu rosto e o tornando tão homem que simplesmente me soltei ainda mais em seus braços. Mole e leve, recebi Mark centenas de vezes até ele buscar meu pescoço para beijá-lo, enquanto me movimentava do jeito certo que o faria gozar. Meu corpo inteiro estremeceu mais quando relaxei, porque Mark nos movimentou lentamente, e descobri que, para ele gozar, precisava que fosse devagar e forte.

Estocou uma, duas, três vezes naquele ritmo que misturava brutalidade e romantismo, lambendo minha pele salgada e suada, me adulando instintivamente. Um prazer suave me varreu. Eu não saberia dizer se foi um orgasmo, ou se foi a sensação da necessidade dele por mim. A experiência me fez procurar sua boca, e foi quando nossos lábios rasparam que seu sexo inchou mais dentro de mim, espasmos vindos da base à ponta, ocupando a camisinha com seu denso gozo.

Ele foi gemendo a cada jato longo, provando para mim que fazia mesmo muito tempo que não tinha uma mulher para desfrutar daquele corpo, porque seu prazer durou e foi gostoso o bastante para que curtisse cada segundo.

Mark fechou os olhos quando acabou e respirou fundo e lentamente. Com um movimento de quadril, tirou o sexo de dentro de mim. Apertei as pernas em seu quadril, meus braços o rodeando, e simplesmente o abracei. Mesmo sem forças físicas e emocionais, me agarrei a ele como um bicho-preguiça faria com sua árvore favorita, e Mark sorriu contra o meu pescoço, soltando suas mãos da minha bunda, me deixando agarrá-lo.

Ele não disse uma palavra.

Caminhou comigo nua e grudada a ele até o nosso quarto, me colocou na cama, e eu me senti mal por ter que soltá-lo. Mark se afastou e ficou em pé ao lado da cama, me encarando.

— Tudo bem?

Inspirei.

— Tudo bem.

Naquele segundo, eu o vi completamente nu e exposto, com a camisinha ainda agarrada ao sexo, que não tinha diminuído nem com o orgasmo.

Desviou os olhos dos meus e começou a desenrolar a camisinha, tomando cuidado. Ele a enrolou, deu um nó e jogou no lixo do banheiro. Quando voltou, sorriu para mim.

— Quer alguma coisa?

Queria poder acordar todos os dias e encontrar seu rosto.

Eu queria aquele sexo que tivemos sem pensar que nunca mais vou tê-lo.

Eu queria os sábados, os domingos, os feriados.

Eu queria mais um Natal com você.

Eu queria mais canecas suas e pratos meus.

Eu queria passar o resto dos meus dias agradecendo a Deus por você não ter ido embora.

— Um copo d'água seria bom.

Mark se inclinou em minha direção, me dando um beijo na boca.

— Vou trazer algumas coisas.

Voltou depois de cinco minutos, totalmente nu e com morangos, calda de chocolate, duas taças de champanhe sem álcool... e uma água gelada. O frigobar da nossa *simples* suíte estava equipado para esses momentos. Nós comemos, bebemos um pouco, rimos e conversamos, como se tivéssemos a vida inteira pela frente.

Mark levou um morango à boca, sorrindo.

O dia havia amanhecido.

A luz do sol começou a entrar no quarto.

Tentei tirar uma foto mental daquele segundo.

Eu não queria me esquecer da sensação e do reconhecimento que surgiu em uma fração de segundos.

Eu estou tão apaixonada por você, Major Murdock.

CAPÍTULO 23

So maybe we can try this time
To make it past the bridge
Because I don't want to lose you now
Or ever

— *Luca Fogale, "I Dont't Want To Lose You".*

MARK

— O que é esse dezesseis aqui? — Cahya perguntou, puxando a borda da minha calça para baixo. — Eu o vi ontem e esqueci de perguntar.

Segurei as laterais do seu rosto.

— Você não pode fazer isso em público, senhorita York — rosnei contra sua boca.

Ela riu, leve, e me deu um selinho nos lábios.

— O balão está pronto para vocês — disse um funcionário do resort.

Tínhamos planejado um passeio romântico de balão. Quer dizer, isso foi o que dissemos para Guntur, mas a verdade é que gostaríamos de ter uma visão da propriedade por completo, para podermos passar para Stone. E também porque, porra, qual a chance de fazermos isso de novo?

— Podemos subir sozinhos? — indaguei ao funcionário.

— Sim. Mas preciso te ensinar algumas coisas.

— Tudo bem.

Trinta minutos depois, estávamos subindo lentamente para o céu, quase como se pudéssemos tocá-lo. A vista foi se expandindo, enquanto Cahya fazia uma espécie de mapa do lugar. Havia uma planta perfeita do Tanah Gajah na internet, mas só confiávamos no que nossos olhos podiam ver.

Observei Cahya e apoiei os cotovelos na beirada, sentindo o vento forte em um cenário que faria qualquer um acreditar em Deus. As árvores pequenas, as casas do resort, os lagos, a natureza de Bali. Tudo era de tirar o fôlego. E, por mais que Cahya tivesse me explicado que Guntur queria adiar a viagem para depois do ano novo... após sentir aquela mulher na noite passada, eu não sabia se seria capaz de deixar isso tudo ir.

— Eu nunca falei sobre o número dezesseis com ninguém.

Aline Sant'Ana

Cahya parou de anotar e me olhou.

Respirei fundo.

— Quer conversar sobre ele? Não precisa me contar, se não quiser.

— Não, eu quero.

Ela esperou até eu ter coragem de começar a falar.

Trazer aquela história era meio duro, levando em consideração o que estava vivendo agora.

— Dezesseis é o número de missões que falhei.

— Oh, Mark...

— Oficialmente, eu não falhei. Eles não catalogaram, porque foram um sucesso, eu só não consegui salvar vidas. Dezesseis, Cahya.

— Por que marcou isso em sua pele?

— Minhas tatuagens são quem eu sou, lembra?

— Mas você não pode se basear no número de falhas que cometeu. Você é um homem bom, Mark. Honesto, protetor e ama quem importa para você.

— É justamente por esse motivo que estou aqui.

— Então, por que ter na pele algo que não quer lembrar?

Molhei a boca com a ponta da língua.

— Eu... só não quero ter que apagar o seis e substituir pelo sete. Não quero falhar na missão de proteger, justamente, aquelas pessoas.

— Você não vai. Mark, você está tão determinado a conseguir isso. Olha onde já chegamos. Estamos tão perto — Cahya sussurrou, deixando o papel cair no chão entre nós. Suas mãos vieram para o meu rosto, acariciando minhas bochechas. — Vamos pegar Suzanne e Guntur. Eu prometo a você.

Ficamos em silêncio por cinco minutos, até um pensamento vir com força.

— Vamos passar mais tempo aqui. Não sei se vai ser tão fácil assim enganar essas pessoas — ponderei, franzindo a testa. — Por que tudo isso?

— Ontem, eu ia te contar, mas... sua boca tinha gosto de vinho. — Ela decidiu aliviar o clima.

Eu sorri de lado e colei nossas testas.

O que estamos fazendo, Cahya?

Ela se afastou e pegou o caderninho e a caneta, continuando a desenhar o mapa do que via, as possíveis entradas, um jeito de Stone invadir com uma equipe assim que déssemos o sinal verde.

— Está pronto para ouvir o que não te contei ontem?

— Manda ver.

— No Museu de Arte Moderna de Nova York existem 1.221 obras de Pablo Picasso. Apenas 24 são exibidas, o resto... não.

— Mas estão lá?

— Sim.

Um lampejo de reconhecimento passou por mim.

— Ele quer recriar as obras que não estão exibidas.

— Exatamente.

— E para quê?

— Todas as pessoas que estão aqui são más o suficiente para terem contatos a ponto de roubarem algumas peças sem nunca serem descobertas. Com exceção de Suzanne, que parece que entrou de gaiata apenas pela chance de conseguir lucrar com a venda das peças originais de Picasso. Mas Guntur não é burro. Ele sabe que ela é obstinada o suficiente para conseguir o que quiser. A questão é: Guntur quer um parceiro. Ele faz as peças, para que o roubo seja uma substituição de peças originais por falsas, e alguém rouba as originais para ele, com a finalidade de negociarem no mercado negro.

— Bilhões, Cahya.

— É.

Inspirei fundo.

Essas pessoas são malucas.

— É muito tempo.

— Nós vamos conseguir. Daqui a pouco, teremos o ano novo. Guntur disse que está preparando algo mágico para todos nós.

— Mágico? Ele vai mostrar as peças do Picasso?

Cahya ponderou.

— Pode ser.

— Ou um massacre.

Cahya sorriu.

— Também pode ser.

Ela não tinha medo algum do perigo, e também não fazia ideia de que havia se tornado uma das pessoas que eu queria proteger.

— A qualquer sinal de loucura de Guntur, a gente vai cair fora, Cahya.

Seu cenho franziu.

— Ele não é um psicopata. É só um artista que quer ganhar muito dinheiro porque imita Picasso perfeitamente bem.

— Ainda assim, é instável.

Cahya desviou o olhar.

— Eu preciso pegá-lo, Mark.

— Me prometa que você não irá ameaçar a sua vida por isso.

— Só se você me prometer o mesmo em relação a Suzanne.

— Tudo bem.

— Eu preciso ouvir, Mark.

— Eu prometo.

Os olhos dela voltaram para os meus.

— Eu também prometo.

Chegamos ao céu e paramos, porque cordas mantinham o balão preso à propriedade, incapaz de andar sem que tivéssemos controle. Cahya parou de fazer o mapa e se aproximou da beirada comigo.

— Olha só essa vista.

Não sei quanto tempo passamos estagnados naquele lugar. O céu brincando com as cores laranja, amarelo e azul, o sol se pondo no horizonte. A noite estava chegando atrás de nós; mais um dia havia se passado. E, por mais que eu quisesse manter a minha cabeça em não falhar na missão, meu coração estava preocupado com o que a ausência de Cahya causaria posteriormente na minha vida.

Eu não estou pronto para te perder.

Como se sentisse que algo havia acontecido, Cahya passou as mãos pela minha cintura, tirando-me da beirada. O chão sob nós oscilava, o vento batendo com força nos cabelos de Cahya, violentamente os levando para um lado e para outro.

Ela sorriu antes de eu encostar minha boca na sua.

E eu a beijei como se pudesse fazê-la ficar comigo pelo resto da vida.

Zanzei a língua por sua boca, circulando, sentindo a entrega de Cahya.

Ela levou seus beijos para o meu queixo e depois o pescoço, automaticamente abrindo os botões da minha camisa social.

Inspirei o perfume dos seus cabelos.

— Acha que podem nos ver daqui? — perguntei baixinho.

— Não.

Gemi e comecei a tirar sua blusa.

Trocamos olhares de entendimento e uma compressão de que...

Semanas a mais e não conseguiríamos ficar longe um do outro. Semanas para fingirmos quem não éramos. Um espaço de tempo para duas pessoas que estavam sentimentalmente se envolvendo e que teriam que se separar depois.

Poucas semanas para eu amar você.

As roupas foram saindo com muita pressa, como se o fim do mundo fosse agora. Meu corpo quente, ansiando pelo dela. Nossas bocas unidas, e nós dois escorregando para o espaço pequeno que havia no chão.

Assim que entrei em Cahya, protegido pela camisinha, e senti sua boca pedindo a minha, eu soube.

Nem amá-la naquele céu seria o suficiente para alguém que ansiava por uma vida inteira.

Uma missão por você

CAPÍTULO 24

I never feel like this
I'm used to emptiness in my heart
And in my arms
You're not what I'm used to
You keep me guessing with things that you do
I hope that they're true

— *Sam Smith, "Say It First".*

CAHYA

Eu estava tentando entender o que significávamos. Mark me beijava como se estivesse caindo por mim, como se estivesse se jogando nos meus braços. E ele me tocava para me mostrar que ninguém faria da mesma maneira. Seu corpo era a perda da razão, a ilusão de uma fantasia. Eu mergulhava em Mark a cada segundo de cada momento que passávamos juntos. E se esse não era o sentimento mais profundo e intenso que já senti na vida.... Era a certeza de que não me apaixonaria por ninguém como estava me apaixonado por ele.

Nem Alex foi para mim o que Mark estava sendo.

E isso mantinha-se em um crescimento inexplicável. Meu coração seria imenso quando ele o partisse em mil pedaços.

Cada dia mais perto de deixá-lo, cada instante contado na ponta dos dedos.

E, quanto mais perto ficávamos do dia de tudo isso acabar, mais perto o tinha do meu coração.

— O que houve, Boen? — questionou Mark, tirando-me do transe.

O mordomo entrou trazendo nos braços duas peças de roupa, cobertas por um plástico preto.

— Hoje é o último dia do ano, senhores Walker.

— Terá alguma festa? — Mark buscou informações.

— Lorde Guntur está preparando uma surpresa para todos os convidados, mas acredito que, em especial, para vocês. Ele virá a qualquer momento. — Boen arrumou as roupas sobre a cama, alternando olhares entre mim e Mark. O sorriso no rosto de Boen parecia... emocionado.

— Não pode nos dizer nada? — Mark se aproximou.

— Desculpe, senhor Walker, mas não.

Aline Sant'Ana

A primeira coisa que fiz quando Boen saiu foi tirar os plásticos das peças e ver o que havia embaixo. Não era nada demais... um vestido e um terno. Guntur daria uma festa de ano novo, e eu não entendia o porquê...

— Mark, será que ele nos escolheu?

Os dedos dele acariciaram a base das minhas costas.

— A decisão não é para ser no final?

— Eu não sei. Por que ele faria algo especialmente para nós?

A porta da sala foi aberta e escutamos passos até Guntur chegar ao nosso quarto e abrir os braços, sorrindo.

— Hoje está um lindo dia, não acham?

— Olá, Guntur. — Sorri, fingindo felicidade ao vê-lo.

— Elliot e Lauren.

Mark ficou em silêncio, sem cumprimentá-lo. Era a primeira vez que o via depois... do ciúme que sentiu. Ele deu um passo à frente, e eu peguei seu movimento quando entrelacei nossas mãos.

Guntur observou tudo com atenção.

E começou a rir.

— Oh, Elliot. Me poupe! Está com ciúmes de *mim*? — gargalhou. — Não tenho interesse algum em Lauren. Aliás, vai ser bem engraçado ver sua reação ao que preparei para vocês hoje. Último dia do ano! Ai, ai... eu já disse o quanto amo a virada?

Franzi os olhos. Mark bufou.

— Não nos disse, Guntur. Por que não fala agora?

Ele se sentou na nossa cama e cruzou as pernas, confortável. Observou as roupas sobre a cama e abriu um sorriso malicioso.

— Encontrei uma garota quando tinha treze anos, na virada do ano. Nós nos beijamos à meia-noite. Foi meu primeiro beijo e eu nunca vou me esquecer. Por alguma razão, me motiva a virada, é como se tivéssemos a chance de recomeçar. Não acreditam nisso?

Mark permaneceu em silêncio.

— É... uma data bem legal — lembrei de responder.

— Uma data *importante* — Guntur me corrigiu. Levantou de repente. — Venham comigo!

Guntur saiu da casa, exigindo companhia. Mark ficou estático, parecendo querer matá-lo, e soltou um suspiro. Eu me movimentei, puxando Mark comigo. Ele parou por um segundo e me olhou.

— Eu quero socá-lo.

Sorri.

— Você irá quando chegar a hora.

Vi seus ombros relaxando.

— Então vamos.

Guntur estava na frente, a uns dez passos de distância quando o alcançamos. Saímos da área da nossa suíte, pisando na grama fresca. Eu e Mark estávamos descalços, sentindo a natureza e o perfume maravilhoso que emanava de todas as flores e árvores. Guntur andou por tempo demais, nos levando para uma área do resort que não tínhamos desbravado ainda.

A primeira coisa que vi foi um jardim balinês vigiado por Ganeshas de pedra, em uma escultura enorme que ficava ao centro dela. Então, meus olhos começaram a passear pelo lugar, vendo que cadeiras estavam dispostas, em uma decoração delicada dourada e branca, e um tapete imenso sobre a grama formava um caminho. Na frente da estátua das Ganeshas, um arco de rosas amarelas e brancas formava um U de ponta-cabeça. Havia uma disposição de banquinhos ao lado do arco, de diferentes tamanhos. O perfume do lugar... era de rosas e jasmins, e as fontes ao lado da estátua estavam ligadas, com pétalas de flores jogadas sobre a água.

— Vocês não usam alianças, o que me leva a crer que as guardam em casa. Acertei? — Guntur se virou de repente, sorrindo de orelha a orelha.

— Sim... — Mark apoiou o peso de um pé para o outro, hesitante. Nossos dedos ainda estavam entrelaçados.

Apertei nossas mãos com força.

— Pensei, então, que vocês poderiam receber um presente. E, em troca, quero um favor.

Guntur tirou do bolso uma caixa de veludo vermelho e abriu para nós, como se estivesse nos pedindo em casamento.

Engoli em seco.

Os anéis eram lindíssimos e de ouro branco, com uma pedra de topázio amarelo imensa em formato oval para uma aliança feminina e uma pequena que formava uma linha brilhante na masculina.

Abri a boca, totalmente em choque, um pavor me fazendo tremer dos pés à cabeça.

Aline Sant'Ana

— Vocês gostariam de renovar os votos de casamento aqui?

— Guntur... eu... — Olhei para Mark. Ele estava com os lábios entreabertos, estático.

Eu não soube o que dizer.

E, então, Mark me surpreendeu.

Ele colocou a mão na minha cintura, trazendo-me para ele. Pegou a caixinha da aliança, colocou no bolso e me deu um beijo no rosto.

— Eu renovaria os votos que fiz à minha esposa até embaixo d'água. Sem dúvida, Guntur, eu me caso com Lauren novamente. Será um prazer tê-lo na cerimônia.

Guntur disse uma série de coisas e nos abraçou. Eu não consegui sequer ouvir uma palavra. Meus joelhos se mantiveram tremendo até vê-lo sair e Mark me puxar para a realidade. Suas mãos foram para o meu rosto, seus olhos nos meus.

— Se eu dissesse não, ele perceberia que estávamos mentindo. Comprometeríamos a operação.

— Nós vamos nos *casar*?

— Vamos renovar os votos de um casamento que não é nosso. Vamos nos casar como Elliot e Lauren.

— Eu jamais me vesti de noiva... aquela roupa branca... imaginei que fosse pelo ano novo, e não por um casamento... e, meu Deus, acho que não consigo respirar.

— Uau!

— O quê? O que foi? — Levei minha mão até a garganta, preocupada se havia algo errado com ela porque o ar simplesmente não queria passar.

Mark abriu um sorriso.

— Que bom que outro homem te pediu em casamento por mim. Não ia aguentar ver essa reação de pânico se eu tivesse feito o pedido.

— Você está brincando, né? Não ia me pedir em casamento!

Mark ficou em silêncio, o rosto fechado e sério.

A mão que estava em minha garganta deu um tapa forte no peito dele.

— Você *ia*?

Mark começou a rir.

— Ah, meu Deus, Mark! Não brinca com isso!

Sua risada o acompanhou até Mark levar sua boca à minha. Ele acalmou meus nervos quando seus lábios acariciaram os meus, alternando o carinho entre eles, o superior e inferior, recebendo todo o amor de sua boca.

— Não ia pedi-la em casamento, Cahya. Mas não vai ser nada ruim te ver andando nesse tapete direto para os meus braços.

Fiquei estática, atenta ao olhar de Mark, perdida nas palavras dele. Mark abriu um sorriso e umedeceu a boca.

— Vamos. Temos um casamento para ir.

Não consegui responder. Não sei como meus pés caminharam para a suíte. Boen estava me esperando com o vestido nos braços quando nos parou.

— Desculpe, senhor Walker. Mas não poderá ver a noiva. Ela virá comigo.

— Para onde? — questionou, irritado.

— Para um lugar em que ficará ainda mais bonita do que já é. — Ele sorriu. — Vamos, senhora Walker?

Olhei para Mark, meu coração acelerado.

— Pode ir, amor — garantiu.

Meus dedos ainda estavam entrelaçados aos dele quando Mark lentamente me soltou e me deixou ir.

Ele poderia dizer quantas vezes fosse necessário que isso não valeria e que o casamento inteiro era uma brincadeira de criança.

Mas por que meu coração batia como se tudo fosse real demais?

Uma missão por você

CAPÍTULO 25

I wish you could see yourself right now
From where I'm standing
One look would change your life like it changed mine
It's not about how perfect we can make the picture
It's how you make the picture perfect without tryin

— Secret Nation, "Like Only You Can".

MARK

Guntur estava ao lado que pertenceria a Cahya, enquanto Boen estava ao meu lado. Levei as mãos para a frente do corpo, cruzando-as.

Eu estava nervoso pra caralho.

Havia duas pessoas totalmente desconhecidas sendo testemunhas de um casamento de mentira. Suzanne estava na primeira fila, junto aos gêmeos White, Sr. Lee... e todos os possíveis cúmplices de Guntur.

Meu Deus.

Aquilo era completamente insano! Como eu renovaria os votos com Cahya, votos que nem foram feitos antes, no meio de tanta gente... errada? Suzanne estava me olhando como se pudesse transar comigo ali mesmo.

Encarei o relógio no meu pulso.

Eu ainda tinha que ligar para Yan quando a noite caísse.

Comecei a bater o pé no chão e inspirei fundo. O lugar tinha sido enfeitado com luzes, mas não eram comuns. E sim velas espalhadas por todo o chão, e tochas de fogo ao lado do grande arco. Não eram tão necessárias, porque o casamento era no final da tarde e o sol ainda nos prestigiava, em um tom mais alaranjado e com um céu azul. Os bancos ao lado do arco também tinham um propósito: uma pequena orquestra. O casamento seria uma renovação simples de votos, na frente de um juiz de paz, nada religioso, até porque... se nos casássemos de verdade, teríamos que ver qual religião e...

— Está nervoso, senhor Walker? — Boen questionou, com um sorriso.

Virei meu rosto para ele.

— Como ela está?

Boen alargou o sorriso.

— Perfeita.

— Por que essa demora?

Deu de ombros.

— Mulheres fazem isso.

— Você sabe que música Lauren escolheu para entrar?

— Sim, ela pessoalmente me pediu para enviar à orquestra a letra. É de uma banda chamada Secret Nation, e a música é *Like Only You Can*. Pelo visto, é própria para casamentos.

Como só você pode.

Ah, caralho. Eu não ia aguentar isso. Por um segundo, desejei ter Carter, Zane, Yan e Shane ali, além de Erin, Kizzie, Lua e Roxanne. Passar por isso com eles seria muito melhor, eu me sentiria em casa...

Agora, casar tendo a louca da Suzanne na plateia?

Os D'Auvray fariam piada disso por semanas.

Por mais que eu estivesse dizendo para Cahya que isso não valeria nada, não era capaz de tirar a sensação de que... eu queria estar ali, com ela.

De repente, a orquestra se levantou e começou a tocar a música que Cahya havia escolhido. A batida era mais acelerada do que eu previra, mas, então, veio a voz de um deles, e depois, de todos, alinhadamente cantando em coro a canção romântica. Os convidados se levantaram assim que avistaram Cahya. Meu estômago ficou gelado, minhas mãos tremeram, e eu soltei-as ao lado do corpo.

Cahya Aziz York sequer poderia ser descrita naquele momento.

O vestido branco que agarrava suas curvas deixou-a parecendo uma princesa. Era naquele formato que colava em seu corpo na parte de cima e caía leve embaixo. Eu não saberia dizer qual, mas havia uma renda em seus ombros, deixando-os à mostra... e seu colo; era um absurdo ela parecer tão perfeita. Caralho, eu poderia facilmente beijá-la a noite inteira. A renda mostrava e escondia sua pele bronzeada. Ela estava com o cabelo preso em um coque perto da nuca, duas mechas de cabelo na frente do rosto, um batom suave em sua boca.

Cahya nem precisou se esforçar para o meu coração bater como um louco.

"Você não precisa cantar como um coro de santos

Você não precisa escrever como um dos grandes

Você não precisa dançar como David dançou

Se você apenas me ama como só você pode

Você me amaria como só você pode?"

Ela começou a caminhar em minha direção. Cahya se movimentava e o vestido dançava com ela. Havia um sorriso nervoso em sua boca. Seus olhos estavam marejados. Trazia um buquê de rosas amarelas na mão e veio tão lentamente que pensei que nunca chegaria até meus braços.

"Eu queria que você pudesse se ver agora

De onde eu estou

Um olhar mudaria sua vida como mudou a minha

Não é sobre como podemos fazer a foto perfeita

É como você a faz perfeita sem nem tentar."

Minha garganta travou, o ar saiu dos meus pulmões. Cahya continuou os passos, os olhos sem sair dos meus. Mas, então... meu coração parou de bater, porque seus passos não continuaram.

Cahya estagnou.

Ela abriu a boca para dizer algo. Estava no meio do caminho, os olhos arregalados, lágrimas suaves escorrendo por suas bochechas.

Me adiantei para a frente, e a música parou de tocar.

— Continuem. — Olhei para a orquestra. — E retomem do começo se ela acabar.

Guntur expressou choque, assim como Boen e os malditos convidados, que se sentaram. O juiz de paz perguntou se seria cancelado.

Fingi que não escutei aquela merda.

Então, ao invés de Cahya vir até mim, eu fui até ela.

Ela agarrou com mais força o buquê.

Cheguei perto o bastante para sentir o perfume das flores se misturando ao dela, de lavanda.

Dancei os olhos por aquela mulher, que não estava aguentando fingir que aquilo não significava nada. Para nós, pelo que vivemos, significava tudo.

— Vamos chegar naquele altar, Cahya — sussurrei para ela, e só para ela, bem pertinho do seu rosto. Seus olhos congelaram nos meus. A música tocava atrás de nós. — Não porque estamos em uma missão, nem porque precisamos interpretar um papel. Nós vamos chegar ao altar porque colocaremos um significado no que vivemos aqui.

— Você vai embora — ela murmurou, a voz rouca.

Aline Sant'Ana

— Não importa, o que importa é o que vivemos. E os momentos que estamos experimentando significam tudo, e valem por uma vida inteira. Então, você vai me amar esta noite e vai se casar comigo esta noite, simplesmente porque eu sinto que faríamos isso a vida inteira, se tivéssemos a chance.

Cahya espremeu os lábios, se segurando para não chorar.

Eu senti o líquido morno descer por meu rosto, e sequer liguei.

— Case-se comigo esta noite, Cahya. Me ame esta noite.

Levou talvez um segundo, uma vida inteira ou duas, até seu rosto suavizar e ela inspirar profundamente.

— Eu vou amá-lo por uma noite e vou me casar com você hoje. Então, volte para aquele altar, Major Murdock.

— Não vai me largar e fugir em cima de um cavalo com outro homem?

Isso a fez rir.

Cahya bateu com o buquê em mim, e pétalas caíram no chão.

— Volte sua bunda branca para lá. Você é tão romântico.

— Eu fui agora há pouco — provoquei.

Seu sorriso se alargou, a emoção estampada em seus expressivos olhos.

— Você realmente foi.

Me aproximei e segurei seu rosto. Inspirei em seus cabelos, antes de dar um beijo suave em sua testa.

— Só mais alguns passos — prometi, em sua pele.

Contradizendo toda a vontade de nunca deixá-la, ajeitei o colarinho do terno e voltei para o altar.

— O que aconteceu? — Guntur questionou, chocado.

— Lauren lembrou-se que seu pai caminhou ao lado dela no dia do nosso casamento. Agora, não há ninguém para trazê-la novamente para os meus braços.

— Nossa, que horror! Eu vou lá!

Guntur se adiantou.

Parei seu movimento.

— Ela está bem. Precisa fazer isso sozinha.

A música recomeçou quando Cahya deu um passo. Os convidados voltaram a ficar de pé. O mundo voltou aos eixos, mas, paralelamente, eu sentia o meu perdendo todo a sua estrutura.

Uma missão por você

Todas as coisas sombrias que vivi foram apagadas pelo rosto lindo de Cahya, por aquele vestido branco, pelo pôr do sol que nos abençoou, pelos passos que diziam sim para mim cada vez que ficava mais perto. E os fantasmas que me mantinham preso e me impediam de amar alguém que merecesse isso, simplesmente porque sentia que *eu* não merecia.

Sempre fui muito sozinho.

E, de repente, surgiu a The M's e todo o significado que aquelas pessoas passaram a ter para mim.

De repente, surgiu Cahya.

Eu podia começar do zero.

E fazer tudo melhor dessa vez.

Cahya chegou aos meus braços. Apoiou em mim, e o juiz começou a falar. Mas não consegui prestar atenção, porque aquela mulher estava me aceitando, mesmo que eu fosse embora. Ela estava dizendo sim para Elliot, mas me garantindo, com o olhar, que diria para mim. E aquela renovação singela, a promessa de um amor que não poderíamos ter, me arrebatou em um misto de descrença e sofrimento.

— Quer dizer algo a sua esposa, senhor Walker?

Minhas mãos tremeram quando peguei as dela.

Cahya estava com os lábios pressionados. O buquê, ridiculamente sendo segurado por Guntur, que estava chorando.

Meu Deus.

Inspirei fundo.

— Talvez não tenhamos a eternidade — murmurei, falando a primeira coisa que veio na minha cabeça. — Talvez não sejamos capazes de viver o amanhã. Mas sei que, enquanto eu estiver vivo, vou me lembrar deste momento e de todos os que passei ao seu lado. E eu vou saber que os melhores instantes que vivi foram com você. Vou saber que a eternidade é a soma dos segundos que te olhei, dos minutos que te beijei e das horas que fizemos amor.

Eu estava mesmo falando tudo aquilo?

Eu estava falando para Cahya.

— E vai valer a pena... Lauren. Não termos a eternidade significa que fizemos ela existir, no espaço de tempo que foi possível torná-la parte de nossas vidas. Então seja, para mim, o que me torna eterno.

Cahya umedeceu a boca, um sorriso feliz em seu rosto, contradizendo as lágrimas que desciam dos seus olhos. Ela fez um sim com a cabeça, incapaz de falar. O juiz perguntou a mesma coisa para Cahya, e ela começou a deslizar a aliança pelo meu dedo.

Eu estou dizendo que te amo sem dizer isso de verdade.

Mas você consegue ver?

Consegue me sentir?

— Você fez tudo que eu não queria que você fizesse — ela iniciou, os olhos fixos nos meus. — Começou com a minha caneca, que virou duas. Um prato, que virou dois. Uma rede, que nunca esteve em minha varanda. Você deitou no chão e assistiu comigo às estrelas, me fez vê-las com os olhos abertos e fechados. Você foi tudo que eu temia, você é tudo aquilo que me apavora, mas eu não consigo imaginar uma realidade diferente dessa.

Ela fez um discurso, fez os votos...

E não era para Elliot.

Senti meu coração parar de bater.

— Descobri que o que mais tememos é o que mais importa. Eu pisei no freio com todas as forças que tive, com medo de amá-lo, mas você foi o meu salto de liberdade. Ao invés de frear, eu acelerei.

Cahya, caralho...

— E eu aceleraria de novo. Você me fez corajosa, me impulsionou a querer mais, buscar mais. Você completa meus pensamentos e me torna uma versão melhorada de uma mulher que não tinha muitos motivos para acreditar. Eu te buscaria no aeroporto mais uma vez, eu dançaria com você até nossos corpos doerem, eu aceitaria sua caneca de café, seus pratos ovais. E a única coisa que me arrependo é de não ter te conhecido antes. Sim... Elliot... e eu espero que a sua resposta seja um sim também.

— Sim.

A aliança chegou ao fim do anelar.

O juiz disse alguma coisa que deveria ser considerada um "pode beijar a sua esposa", mas eu simplesmente a peguei em meus braços, escutando pessoas aplaudindo, por mais que não quisesse que elas fizessem isso, por mais que não quisesse que elas vissem o quanto estava exposto naquele momento. Então, ao invés de beijá-la, eu peguei-a no colo, beijando sua testa.

— Se me der licença, Guntur.

Ele assentiu.

Com Cahya sendo carregada como noiva, esta missão cumprida, coloquei-a no chão. Longe o bastante, ouvi os fogos, porque a noite havia começado, e esse era o último dia do ano; a antecipação de uma nova promessa que viria, de uma chance de recomeçarmos.

E, então, eu a olhei.

As cores brincando em seu rosto, a boca entreaberta como se fosse dizer alguma coisa.

Desespero.

Amor.

Falta.

Não deixei que nada disso falasse.

Então, a beijei.

Porque aquelas pessoas não mereciam uma demonstração de afeto que só uma mulher precisava sentir. Cahya Aziz York, e não Lauren Walker, merecia ser beijada com a certeza de que meu coração estava batendo por ela, e que nada daquela merda foi uma encenação.

Que nada mais importava.

Minha língua buscou a sua, girando e provando uma sensação jamais experimentada. A entrega de uma parte minha que sequer sabia que existia. Eu mordi seus lábios, amei sua boca, desenhei com a língua pedaços seus que queria guardar dentro de mim. Eu a fiz gemer, a trouxe para mim, fiz seu corpo se moldar e me implorar para que eu nunca fosse embora.

Me afastei, ofegante.

— Eu estava errado, Cahya.

Tonta, ela piscou.

— O quê?

— Tudo isso... não foi nada.

— Mark, eu...

— Foi tudo.

Aline Sant'Ana

Uma missão por você

CAPÍTULO 26

Ooo we dance, we sing, we live, we love
Tonight
Lets run from the dawn before
It knows we're gone
Ooo we dance, we sing, we live, we love
Tonight

— Secret Nation, "Tonight".

CAHYA

Nos puxaram para a festa e tivemos que estar lá, por sermos os casados que haviam renovado os votos. Travei no maldito altar, porque era impossível caminhar até Mark e fingir que nada existia. E eu sentia uma espécie de pressentimento terrível de que isso tudo não ia acabar bem. A sensação sufocante de amá-lo, de saber que tudo entre nós era real, de entender que isso estava chegando ao fim e a angústia... meu Deus, isso apertava o meu coração e me impedia de respirar.

Mark estava me encarando do outro lado da pista de dança, conversando com o Guntur. O olhar que ele me deu, a intensidade daquele homem... ia me matar.

Mas, então, a música que dançamos juntos na balada começou a tocar. Mark girou a aliança no dedo enquanto se desfazia de Guntur e caminhava em minha direção. Observei o movimento dele: o caminhar, o anel rodando, seu olhar quente.

Os braços vieram até mim em questão de segundos.

Porque a música era animada e nossa.

O relógio não parava de girar.

Então, nós dançamos.

Porque era o último maldito dia do ano e o meu casamento de mentira.

Mark estava lindíssimo vestido com um terno *slim* em um tom clarinho de areia, camisa branca, já sem gravata àquela altura, um colete absurdamente sexy da mesma cor do terno e uma calça que agarrava sua bunda, contrastando com a cor da camisa. Ele era, aos olhos de todos, o meu marido. As íris escuras como o universo, as tatuagens tocando sua pele bronzeada, as luzes exibindo o que sua emoção escondia. *Aquele* delicioso homem. Vestido com um terno caríssimo que provavelmente custava o mesmo que o meu apartamento, dançando comigo como se pudesse fazer isso para sempre. *Aquele homem*, que tinha me enlouquecido desde que chegou. Corpo de deus grego, coração partido, um rosto que instigava a libido de qualquer mulher e uma missão a cumprir.

Um Major, pelo amor de Deus!

Eu ainda mataria Stone.

Ele deveria estar aqui.

Mark pareceu ter percebido que algo estava errado, porque me puxou da pista de dança. Tirou o casaco do terno, apoiando-o em uma das cadeiras, e levou-me para um lugar mais tranquilo, longe de Guntur. O problema é que o homem, por algum motivo, reforçou a segurança. E isso nos impedia de ter muita privacidade. Ainda assim, Mark achou um cantinho.

— Eu... só queria ligar para Stone. Conversar com ele um pouco.

Mark colocou as mãos dentro do bolso frontal da calça, deixando a camisa social ainda mais colada em seus braços, o colete agarrado em sua barriga, tudo parecendo brigar e implorar para que Mark tirasse a roupa.

Umedeci a boca.

— Tudo bem. Vou ficar por aqui. Daqui a pouco, vou encontrar uma brecha para sairmos dessa festa.

Puxei o celular de dentro do decote do vestido e Mark ergueu uma sobrancelha.

— Onde mais eu colocaria? — me defendi.

Ele sorriu.

Levei o telefone até a orelha, ouvindo o som da chamada em andamento. Stone atendeu no terceiro toque. Aproveitei para contar a ele sobre as últimas coisas que descobrimos, até levar ao inevitável assunto de que Mark e eu havíamos casado.

— Pra valer? — ele gritou do outro lado. — Na frente de uma psicopata e um falsificador?

— O falsificador foi o meu padrinho.

— Pelo amor de Deus, Cahya! Você enlouqueceu? Vou te tirar daí.

— Guntur vai adiar por mais umas duas semanas o anúncio de quem será o vencedor. Ele ainda não tem todas as obras prontas. Como te disse no começo dessa ligação... é um roubo imenso, Stone.

— Preciso de vocês dois fora daí.

— Vou passar para o Mark.

Uma missão por você

Estendi o telefone.

Ele soltou um suspiro, pegou o aparelho e colocou na orelha.

Mark ficou em silêncio enquanto ouvia Stone. Eu não conseguia saber qual era o tópico, mas imaginava não ser profissional. Mark murmurava um "sim, senhor" e um "temos tudo sob controle", mas ele estava nervoso por alguma razão.

Até eu vê-lo explodir.

— Você me colocou para dividir meu tempo com uma mulher linda, Stone. Me fez passar momentos com Cahya que nunca tive a chance de passar com ninguém. Sabe bem como a minha vida foi: orfanato, exército, uma curta pausa e me tornei segurança de uma banda. Não tive tempo de viver o que estou vivendo agora, então, não me importo se você se considera um pai para Cahya, e eu agradeço por toda a ajuda que me ofereceu, mas não vem ameaçar a minha cabeça se eu partir o coração dela, porque é mais fácil nós dois sairmos machucados disso aqui. E, sim, eu sou louco por ela.

Engoli em seco, os olhos arregalados.

Mark sorriu de lado, uma mão ainda no bolso da calça.

— Você não vai invadir agora, porque eu não estou pronto para isso acabar. E não estou falando no plano de levarmos Suzanne para Miami, no qual nem pensamos ainda.

Prendi a respiração.

Os olhos de Mark se fixaram em mim.

— Se Guntur deu mais duas semanas para resolver os problemas dele, eu vou ficar. — Inspirou fundo. — Não posso deixar Cahya ir, não ainda. Tenho mais quinze dias. Não tire isso de mim, Stone.

Stone disse alguma coisa.

E a expressão de Mark se tornou mais rígida.

— Duas semanas.

Desligou, me entregou o celular e falou para mim:

— Isso me lembrou que preciso fazer uma ligação também. Vamos voltar? Só vou avisá-los rapidamente.

— Sim.

Mark foi e voltou em menos de um minuto. Quando retornou, passou a mão por meu ombro, puxando-me para ele. Mark deu um beijo na minha têmpora, meu vestido se arrastando pela grama embaixo de nós. Caminhamos em silêncio até a suíte. As luzes estavam apagadas quando Mark caçou em seu bolso a chave de acesso.

— Eu não entendo Stone — desabafei. — Ele queria que a gente... se envolvesse.

— O que Stone me disse no telefone é que ele queria que você sentisse que está viva de novo, o que a morte de Alex te faz esquecer. — Mark fez uma pausa. — Stone queria que sentíssemos atração um pelo outro. Ele não acreditou que iríamos tão longe. Acho que, assim como nós, ele se preocupa com a distância. Percebo que uma parte dele está empolgada, mas a maior parte está gritando pela razão.

Decidi ficar em silêncio.

Mark deu um beijo carinhoso na minha testa.

— Preciso fazer uma ligação.

Ele foi para o quarto e, eu, para o banheiro. Mark se sentou na cama, tirou os sapatos e as meias, e fechei a porta atrás de mim. Assim que terminei tudo o que tinha que fazer e escutei a voz de Mark, abri a porta, porque talvez ele não quisesse deixar o assunto com Stone morrer, e discutir seria muito idiota.

— Quem está no telefone com você? — perguntei suavemente.

Mark ficou gelado por alguma coisa que a pessoa disse.

Se fosse Stone...

— É o Yan — Mark me respondeu rapidamente. — Senhor Sanders, ligarei depois para passar mais informações, tudo bem? Só quis tranquilizá-lo.

Fiquei irritada com o pronome.

— Sim, senhor — Mark disse.

Mas é mesmo um idiota!

— Ah, Mark, pelo amor de Deus! Quantas vezes já te disse que você tem que parar de tratar as pessoas como se elas fossem o presidente dos Estados Unidos da América?

Ele desligou o telefone.

Arregalou os olhos para mim.

E começou a rir.

— Não tem graça! Você se importa com essas pessoas.

— Sempre impus limites profissionais, já te expliquei isso.

Mark se levantou.

O olhar dele estava... quente?

— Sim, é. Você me disse.

Ele chegou perto, bem perto.

Ficou próximo o bastante para nos unirmos, mas suas mãos ficaram soltas ao lado do corpo, e ele não me tocou. Seu nariz percorreu a minha testa, e começou a descer pela lateral do meu rosto, pairando na orelha. Mark precisou se abaixar bem menos agora, por eu estar de salto alto. Engoli uma bola de neve que havia se formado na minha garganta.

— Limites profissionais que sempre, e orgulhosamente, impus... não parecem funcionar com você.

Fechei os olhos.

— É alguma coisa nesse seu perfume de lavanda, na cor da sua pele, no formato dos seus olhos, no jeito que você sorri e fala com eles. É alguma coisa na sua boca, que me faz ter vontade de senti-la em cada lugar do meu corpo. Entrando, saindo, sugando, beijando, mordendo, chupando... cada pedaço meu que você encontrar.

Senti um frio forte na barriga, um looping no coração, meu corpo se aquecendo com a força de sua voz rouca, imponente e sedutora.

— Minha língua tem vontade de provar cada pedaço que eu ainda não provei. E eu quero tão mais, *senhorita* York.

— Mark...

Ele levou seus dedos para a minha boca. A ponta deles raspou nos meus lábios, um jeito suave e quente de me calar.

Estremeci.

— Você consegue lembrar da sensação de provar o bolo do nosso casamento? Aquela coisa deliciosa de cranberry com chocolate?

Não.

Sim.

Talvez.

— Aham.

— A cobertura é como eu te acho bonita. Doce, e fica do lado de fora. É o meu corpo dizendo que te quer. É o que a gente consegue ver e sentir na primeira mordida.

Ai.

Meu.

Deus.

— A parte da massa, a primeira camada, foi a nossa convivência. Concreta, sustentou o que precisava, nos manteve racionais. Descobri a mulher que você é e tive vontade de mais.

— Jesus, Mark.

— Ainda não acabei.

Ele passeou os lábios por minha orelha, brincando com a ponta da língua por lá. Minhas mãos não ousaram se mover, porque algo me dizia... que aquilo era importante.

— O recheio: a parte que todo mundo adora. É o tesão. O gosto mais doce, saboroso e viciante do bolo. É a ansiedade que tenho por você, pelo seu corpo, pela sua boca, pela sua boceta no meu pau. É gosto de chocolate que provo cada vez que entro em você.

Gemi.

Ele sorriu.

— Mas aí tem a parte que mantém tudo isso em pé e que sustentou todas as camadas que me mantiveram com você. A última camada, a base do bolo, a primeira a ser feita, e que é ignorada... porque tudo em cima parece tão mais gostoso.

Mark tomou meu rosto entre as mãos.

— A base do bolo é o amor que a gente afogou porque não estamos prontos para a despedida. É a parte que a gente ignora, diz que é sem importância, finge que não vê. E eu queria, muito mesmo, fingir que não há amor entre nós dois, fingir que eu não disse todas aquelas coisas hoje, porque vai doer quando eu for embora, Cahya. — Ele umedeceu a boca, seus olhos em mim. — Mas não dá mais. Eu provei todas as camadas. E não sei como vou fazer isso dar certo. Mas, por favor, enquanto a gente não achar uma resposta, só deixa eu te falar...

Não sei em qual momento minhas mãos foram para o rosto dele, não sei em qual instante nebuloso minha boca colou na sua, e não sei por quanto tempo aquele beijo durou até Mark me afastar.

Eu queria desesperadamente ouvir.

Eu queria dolorosamente não ouvir.

Mas seus lábios se movimentaram, apesar de toda a dor e felicidade que eu sentia.

— Só me deixa te falar... que eu amo você.

Eu vi, em seus olhos, que aquilo não era um simples eu te amo. Não era, porque Mark nunca disse essas palavras para ninguém. Ele nunca havia amado dessa forma, nunca sequer teve a chance.

Era o dia do nosso casamento.

Quinze dias.

A gente consegue achar uma solução em quinze dias?

Encarei Mark, perdida no misto de perguntas e sensações que batalhavam dentro de mim.

Mas havia uma resposta.

E ela gritava em meus ouvidos.

— Mark Vance Murdock... eu vou te me amar simplesmente porque eu sinto que faríamos isso a vida inteira, se tivéssemos a chance. — Adaptei o que ele me disse antes de irmos para o altar, e abri um sorriso.

Isso bastou para aquele major de dois metros de altura.

— Será que a gente pode ter um pouco de recheio agora? — brinquei com ele, quando envolveu seus braços em mim, me abraçando forte e intensamente.

Ele riu no meu ouvido.

— Recheio e massa. — Ouvi-o dizer.

— Um pouco dos dois, então — brinquei com o que falamos na primeira vez que nos vimos, no aeroporto.

Mark se afastou, reconhecimento percorrendo seus olhos.

Parecia que uma vida havia passado entre nós desde aquele primeiro instante.

— Um pouco dos dois — concordou.

O desespero veio em forma de beijo.

Aquele homem era mesmo a minha tempestade.

Uma missão por você

CAPÍTULO 27

I just want to watch you when you take it off
Take off all your makeup, baby, take it off
I just wanna watch you when you take it off
Take off all your clothes
And watch you take them off

— *ZAYN*, *"TiO"*.

MARK

Beijei sua boca com o coração batendo tão forte que acreditei que sairia do corpo. Ainda assim, eu a beijei, tomando tudo, recebendo sua língua na minha, seu corpo se colando ao meu. Levei minhas mãos até sua cintura, experimentando a textura do vestido de noiva sob meus dedos. Imediatamente, me lembrei das promessas que fiz a ela.

Não termos a eternidade significa que fizemos ela existir, no espaço de tempo que foi possível torná-la parte de nossas vidas. Então seja, para mim, o que me torna eterno.

Subi a mão, alcançando seu coque, desfazendo-o em meus dedos. Inspirei fundo. Cahya cheirava a lavanda e tinha gosto de champanhe, chocolate e cranberry. Eu não queria que isso fosse uma memória distante. Eu queria que ela me sentisse durante cada dia desses quinze que teríamos.

E eu ia começar agora.

Minha mão escorregou, desfazendo com os dedos os milhões de botões do vestido, enquanto torturava sua boca com beijos longos, quentes e de tirar o fôlego. Cahya gemeu, e acabei abafando o som do meu próprio grunhido. Meu corpo ferveu, os fogos lá fora denunciando como nos sentíamos por dentro. Cahya se afastou um segundo para me olhar quando o vestido caiu.

Dei uma boa olhada na sua lingerie. A calcinha branca e o sutiã igualmente branco, rendado, transparente... quente como o próprio inferno. A calcinha estava ligada a uma meia-calça, dois fios finos que, dependendo, poderia arrancar com a boca. Meu pau, num impulso, começou a inchar e pulsar... Eu estava queimando lentamente por aquela mulher.

— Noite de núpcias, hum? — Me aproximei do seu pescoço. Puxei seu cabelo suavemente, levando seu queixo para o lado oposto. Lambi o ponto doce do pescoço. Ela estremeceu e minha barriga gelou.

Aline Sant'Ana

— Tinha que ser algo... marcante, não é? Ainda bem que eu tinha alguma coisa ousada na mala.

— Você poderia estar sem nada embaixo desse vestido, Cahya. Ia me deixar louco tanto quanto. Eu só quero você.

— Eu também.

Os dedos de Cahya começaram a vasculhar o colete, arrancando com pressa. Ajudei-a, encolhendo os ombros. Foi para o chão. Minha camisa foi a próxima vítima e eu deixei que me despisse, o tesão a deixando ainda mais bonita à luz da noite.

Tire tudo, Cahya.

Ela passou a mão por mim, do peito à barriga, como se precisasse me sentir. Minha pele se arrepiou embaixo, eu já estava tonto por ela. Soltei um suspiro, que fez uma mecha do cabelo de Cahya balançar. Ela levou os dedos para a calça, tirando o botão da casa e abaixando o zíper.

Deixei as mãos soltas, entregue.

Cahya foi descendo junto com a calça. Ela se deparou com a boxer branca, minha ereção já muito dura e pronta para ela. Com um sorriso safado, Cahya olhou para mim.

— Noite de núpcias, hum?

Sorri e umedeci a boca, seu gosto nos meus lábios.

Suas unhas foram da minha barriga até o elástico da boxer, puxando-a para baixo. Ela abriu a boca quando ele ficou livre, meu pau se acomodando entre seus lábios. Soltei um gemido quando a cabeça foi engolida e sugada. Toquei seu queixo, em um pedido silencioso para Cahya voltar seu olhar para mim.

— Preciso tirar sua lingerie agora.

Ela agarrou meu pau com a mão pequena, e lambeu da base à ponta.

— Depois.

Estremeci.

— Agora.

Cahya levantou devagar, minhas mãos automaticamente percorrendo sua pele, a ponta dos dedos fazendo o trabalho que precisava, antes de tomá-la em meus braços. Cahya veio, e pude sentir meu gosto em sua boca quando a beijei. Peguei-a no colo e a coloquei com calma na cama. Meu corpo cobriu o seu, braços ao lado do seu corpo, para não pesar meus mais de cem quilos sobre uma mulher tão pequena.

Fiz um tour com meus lábios.

E, a cada descida, a cada mordida suave, a cada beijo de língua, eu fui me desfazendo dos pequenos ganchos que a impediam de ficar nua só para mim. O sutiã foi o primeiro, e aproveitei para me embebedar da visão dela nua, só com uma calcinha, salto alto e as meias-calças brancas que beiravam suas coxas. Voltei a beijá-la, dessa vez, tomando seus seios em minha boca. Suguei, amei-os, como se estivesse provando a Cahya o que ela estaria perdendo se um dia fosse de outro homem.

Um babaca, eu sei, mas não pude evitar.

Cahya acariciou minha cabeça, meu cabelo muito curto em seus dedos. Ela gemeu quando cheguei ao seu estômago, descendo para o umbigo, alcançando a barriga. Apoiei-me em um cotovelo e, escorregando por todo o seu corpo, desprendi os últimos ganchos que faltavam. A calcinha se foi, mas a meia-calça e os saltos... eu simplesmente tive que deixá-los.

— Mark...

Segurei a base de suas costas com ambas as mãos. A cama não daria certo para o que eu queria, então, meus joelhos tocaram o chão. Puxei Cahya comigo e, pelo susto de ela de repente ficar com a bunda na beirada da cama, acabou rindo.

Quando seus olhos me encontraram, o sorriso se desfez.

Minhas mãos estavam em sua bunda e a minha boca, prestes a devorar sua boceta. Levantei a pélvis de Cahya, trazendo-a de encontro à minha boca. Sexo oral seria diferente agora; minhas mãos que guiariam o caminho.

Eu a faria aproveitar cada maldito segundo.

Devorei sua boceta com a língua, percorrendo a trilha que eu queria, minha mão sustentando sua bunda e subindo e descendo o quadril de Cahya. Ela rebolou na minha boca, mas não conseguiu se movimentar muito, porque eu estava no controle.

Sorri, pegando seu clitóris entre meus lábios.

Seus gemidos não foram abafados por meus beijos, porque eu estava ocupado e pronto para dar um orgasmo longo para Cahya. Penetrei-a com a língua, estocando um ritmo, para depois lambê-la nos *lábios*, sugando seu clitóris. Ela estremeceu em minhas mãos. Apertei sua bunda com força, colando-a ainda mais em mim.

— Rebola na minha boca — pedi, entre a provocação que fazia.

Ela estava completamente molhada muito antes de a minha língua entrar.

Mas, agora... Cahya estava em êxtase.

Aline Sant'Ana

Com fascínio, vi sua mão agarrar um seio, enquanto a outra ainda se preocupava em me acariciar. Dei tudo de mim com a língua, indo e vindo forte, girando-a e brincando com seu clitóris, tocando todas as terminações nervosas que a fariam gozar.

E, então, a onda veio.

Meu nome foi o grito de prazer que ela deu. Saiu de seus lábios com lamúria e pedidos para que eu não parasse. Um outro orgasmo veio quando chupei seu clitóris devagarzinho, soltando uma mão de sua bunda para penetrá-la com um dedo.

Observei-a, logo após seu prazer ter acabado.

Ela estava ofegante e ainda querendo mais, quando a tirei da cama em meus braços. Dei uma olhada para seus saltos, vendo se conseguiria fazer o que eu queria.

Ah, daria certo.

Beijei Cahya, sem demonstrar minha intenção. Meus olhos abertos espiaram o relógio imenso do quarto. Meu corpo inteiro estava maluco, insano e desejoso por ela, mas ainda tínhamos tempo. Então, quando Cahya foi me beijando e se ajoelhando no chão mais uma vez, eu mesmo guiei meu pau até sua boca.

E aquela mulher...

Porra!

Por mais que eu transasse com ela, sempre me surpreenderia com a maneira que me chupava. Sua boca se acomodando macia, quente e aveludada em torno da glande, lambendo e sugando, me recebendo o máximo que podia. Seus dedos atrevidos nas minhas bolas, a onda elétrica que aquilo provocava.

Não podia aguentar.

Comecei a foder de leve seus lábios, e Cahya gemeu, me acolhendo mais um pouco. Senti a cabeça tocar o fundo, batendo naquele ponto macio que me guiaria ainda mais profundamente. Precisei me controlar, observando-a nua me chupando com todo o gosto do mundo, como se eu fosse, de todos, o seu sabor favorito.

Tesão é uma coisa muito louca.

— Cahya... não posso gozar agora. — Expirei pela boca. — Tenho planos.

Isso a fez soltar meu membro devagarzinho, sua boca brilhando, vermelha e inchada por mim.

Gemi.

— Planos?

Ofereci a mão e Cahya a aceitou. Puxei-a para cima, colando seu corpo no meu. Ela estreitou o olhar, e eu puxei para beijá-la.

Por que dizer, se eu poderia mostrar a ela?

Me afastei o suficiente para ir até a cômoda próxima e pegar uma camisinha. Coloquei-a devagar e, encarando Cahya, abri um sorriso. Eu estava todo molhado dela. Ela me olhou como se tivesse fome de mim, meu pau dando um impulso, já com saudade da sua boca. Com passos calmos, sabendo que tínhamos tempo, peguei Cahya e beijei sua boca intensamente. Língua, dentes puxando seu lábio inferior, adulando o lábio superior. Seus gemidos insaciáveis me tornando só instinto.

Fui guiando-a para onde eu queria e, quando encontrei a grande porta de correr de vidro que nos levava aos fundos da casa, virei-a de costas para mim. Cahya ia me questionar, chegou a abrir a boca, mas meu corpo mostrou a ela o que eu queria antes que pudesse respondê-la.

Agarrei sua cintura, colando sua bunda no meu pau, moendo-a em mim.

— Ah, Mark...

Passeei os lábios por seu pescoço, chupando-o. Cahya instintivamente afastou o quadril para trás, me pedindo para entrar nela.

— Calma, amor — sussurrei.

As pontas dos meus dedos subiram da base de suas costas para a nuca. Reuni seus cabelos em um rabo de cavalo, e fui colando Cahya no vidro, seu corpo entre o meu e a parede transparente. Ela estremeceu de prazer, empinando a bunda mais uma vez para mim. Com a outra mão, agarrei com força seu quadril, deixando-a na posição que eu queria. Ela virou o rosto para me olhar entrando nela.

Isso, olha.

Guiei meu pau para o caminho certo, sua boceta me acomodando devagarzinho enquanto entrava cada vez mais. Cahya e eu arfamos juntos quando o coloquei quase todo dentro. Ela mordeu o lábio inferior, me olhando por cima do ombro. Já dentro dela, peguei sua perna, deixando-a apoiada apenas em uma, o salto no chão.

Ah, cacete, que apertada...

— Vou começar a te foder, Cahya. Se apoia no vidro.

Ela levou as duas mãos para cima das nossas cabeças, segurando-se no vidro.

Lambi os lábios, louco pela visão que estava tendo.

Aline Sant'Ana

Segurando a parte de trás da sua coxa, comecei um vai e vem seguro. Lento e bem gostoso. Ela gemeu, meu pau bombeando dentro dela, latejando porque já estava duro desde que começamos a nos provocar. Movi apenas meu quadril, mantendo-a bem aberta para mim, afundando com força meus dedos na sua coxa, sentindo a meia-calça. Cahya começou a pulsar comigo dentro dela, e eu fui ainda mais devagar. Ela estremeceu, me implorando com a sua bunda se colando a mim, para eu acelerar as coisas.

Me curvei sobre ela, lambendo seu pescoço, nossos corpos suados de tesão e o cheiro salgado do sexo no ar. Nunca teria o suficiente de Cahya York, e não estava querendo acabar aquilo tão cedo. Me afastei, tirando meu pau de dentro dela bem lentamente.

— Vire-se.

Ela imediatamente obedeceu. Seus braços rodearam meu pescoço, e a puxei para o meu colo, virando-nos. Apoiei minhas costas no vidro, deixando que a minha visão fosse Cahya.

— Não seria mais fácil se eu estivesse contra o vidro?

— Seria, mas você vai perder a melhor parte.

Cahya não entendeu, e não dei tempo para ela pensar. Meu sexo entrou em suas curvas molhadas, a fina camada da camisinha me deixando sentir o calor e a maciez de sua entrada. Deslizei, sentindo sua bunda nas palmas das minhas mãos, fodendo-a como fiz da primeira vez. Seus peitos balançando para mim, a boca entreaberta, os cabelos soltos e se movendo rápido pela força que estava tornando-a minha, de novo.

E, então, Cahya se iluminou.

Luzes coloridas dançaram em sua pele. Ouvi a explosão nos meus ouvidos. O som dos fogos queimando por todo o céu transformou a noite em dia. Cahya agarrou meus ombros, enquanto ainda mantinha um ritmo gostoso com ela. Seus lábios se abriram, e eu sabia que não era por causa de um orgasmo, e sim pelo choque do que estava vendo. Eu vi o ano virar nas íris daquela mulher, os olhos refletindo todas as milhares de luzes no céu, as explosões, a beleza e o amor.

Abri um sorriso e Cahya desviou o olhar dos fogos para mim.

Ela desceu o rosto para o meu, nossos lábios raspando.

— Feliz ano novo, senhorita York — murmurei, entrando devagarzinho nela, indo e vindo.

O beijo veio como o estrondo da explosão de luzes no céu, seu corpo me recebendo a cada batida dos nossos corações. Os fogos não pararam, assim como nós também não. Fiz Cahya ter um orgasmo em meus braços e depois a amei na cama, beijando-a e eternizando nós dois.

— Estou tão apaixonado por você — sussurrei em sua orelha, lambendo sua pele, quando meu corpo me avisou que não poderia mais esperar.

Latejei, queimei e estremeci. Explodi todos os pedaços por Cahya Aziz York naquela noite. Amei-a com o meu corpo, com meus lábios e com todas as palavras que consegui reunir. Ela estava exausta depois de horas, mas me abraçou, enroscando seu corpo no meu, os lábios tocando minha barba.

— Obrigada por me mostrar que o amor que tenho por você é a melhor coisa que eu poderia sentir. Feliz ano novo, major Murdock.

Não me deixe ir, foi o pensamento que tive antes de cair em um sono profundo e sem sonhos.

Eu já estava segurando todos eles em meus braços.

Aline Sant'Ana

Uma missão por você

CAPÍTULO 28

Fare thee well
My own true love
Farewell for a while
I'm going away
But I'll be back
Though I go 10, 000 miles

— Sleeping At Last, "10000 miles".

Quinze dias depois

MARK

Tateei o lado da cama, em busca de Cahya. A luz entrando pelas janelas me despertou.

Mais um dia.

Eu parei de olhar o calendário.

Não fiquei ligado nas horas, nem sabia se era segunda, quinta ou domingo.

Eu amei Cahya com cada pedaço do meu corpo, com todas as palavras que pude reunir, durante todos os dias que se foram. E eu só soube disso porque o sol aparecia e a noite caía. Se estivesse em um ambiente fechado, seria ainda melhor a perda proposital da noção do tempo.

Eu reconhecia que isso entre nós estava perto de acabar, porque havia aquela coisa dentro de mim, me avisando que, a qualquer minuto, chegaríamos ao fim. Dias se passaram, Guntur não ia demorar muito mais para avisar quem era o ganhador da Fantástica Fábrica de Chocolate e isso, merda...

Sentei na cama, puxando os lençóis frios, ausentes do calor do corpo dela, e arfei.

— Cahya? — gritei, o desespero em cada letra.

Escutei seus passos rápidos antes de ela parar no arco, preocupada.

Respirei aliviado.

— O que houve? — indagou, com a voz alterada.

Cahya estava com a minha camisa social azul-clara, usando-a de camisola, grande o suficiente para beirar a metade das suas coxas. Uma caneca de café expresso, da máquina que tínhamos na cozinha de uma casa que nunca foi nossa,

Aline Sant'Ana

em suas mãos. Passeei os olhos por ela inteira, vendo que ainda estava ali.

— Mark, o que foi? — Ela se aproximou e se sentou, buscando minha mão assim que apoiou a caneca na mesa ao lado da cama.

— Eu só...

Seus olhos ficaram marejados.

Meu Deus.

— Não, shh... — Levei a mão até seu rosto e a puxei para perto. Dei um beijo suave em seus lábios. — Eu só tive um pesadelo. E achei que você não estivesse aqui.

Mas não era verdade.

Porque o pesadelo não existiu. Era apenas a consciência de que um dia... ela realmente não estaria.

Cahya ia dizer alguma coisa, no entanto, não pôde. Uma batida na porta interrompeu nossa conversa, e Cahya gritou para entrarem. Boen chegou, nos avisando que o café da manhã com Guntur estava servido. Junto a isso, ele disse tudo que eu não queria escutar em uma única frase.

— Chegou a hora.

Assim que as palavras de Boen saíram, eu soube.

Engoli em seco.

Meu coração passou de calmo para acelerado e insano.

Esse era o momento. O que eu tentei tanto adiar, o que não estava preparado para viver. Mas eu fiz uma promessa, e precisava colocar meus sentimentos para trás ou, talvez, não fosse conseguir cumprir com a minha palavra. Eu precisava...

Pensei em Shane e Lua.

Eles não podiam ser o meu número dezessete.

— Estaremos lá — falei, porque Cahya foi incapaz de dizer.

Boen se despediu de nós e a porta se fechou.

Cahya me olhou com desespero.

— Precisamos avisar Stone.

— Não ainda.

— Mark...

— Ele já está na Indonésia. Vai querer se organizar e invadir isso aqui em menos de uma hora. Precisamos de outra coisa. — Pigarreei para firmar a voz. —

Stone quer todos que estão aqui na cadeia, então, vamos dar esse presente a ele.

Cahya assentiu, entendendo meu raciocínio.

E, então, o silêncio pairou entre nós.

Os lábios dela estavam espremidos, nossas mãos ligadas sem prestarmos atenção no que estávamos fazendo. Pedi um minuto, fui ao banheiro e escovei os dentes, para depois voltar e conversar.

Quando sentei na cama e a encarei, o pensamento veio em um lampejo de reconhecimento.

Não vai haver ninguém além de você, Cahya.

Eu poderia prometer que voltaria por ela, que largaria todas aquelas pessoas assim que estivessem seguras, que moraria aqui. Eu poderia dizer que meu senso de honra seria mais fraco que o amor que sentia por Cahya Aziz York. Esse era o momento de dizer que um *eu te amo* era importante o suficiente para me fazer ficar.

A impulsividade me consumiu em uma onda quente.

— Cahya, eu...

— Não quero ouvir, Mark. — Seus olhos vieram fixos nos meus; ela foi capaz de imaginar o que eu diria. — Você não vai... ficar. Eu não vou deixar você abandonar essas pessoas que ama... Não, nem pensar.

Uma lágrima desceu por seu rosto.

Eu a sequei com o polegar.

— O que quer que eu diga? — sussurrei.

— Nesse momento, eu quero tomar meu último banho com você.

— Cahya, me deixa ficar com você.

— Não vou te pedir isso. Jamais conseguiria viver comigo mesma. — Ela balançou a cabeça e se levantou num pulo. Os olhos molhados contradiziam o sorriso em seu rosto. — Um banho. Agora. Por favor?

Cahya, sem ver, estava girando a aliança no dedo, com a ponta do polegar. Aquele gesto...

Ela não queria me deixar.

Porra!

Me levantei, completamente nu.

— Eu posso pedir demissão assim que pisar lá.

— Mark Vance Murdock, não me faça socar sua cara. Seria uma pena esmagar um rosto tão lindo.

— Vamos conversar sobre isso.

— Não vamos. Você vai me levar para o chuveiro e me amar sob a água quente.

— Cahya...

— O quê?

— Eu sei que fomos feitos para esse fim, mas...

O lábio inferior de Cahya estremeceu.

— Caralho, eu não estou pronto.

— E você acha que eu estou? Vamos aproveitar todo o tempo que nos resta.

Ela me puxou pela mão, me levando até o banheiro. Assim que o chuveiro foi ligado, a camisa caiu aos pés de Cahya e a água quente bateu em nossas costas, eu a beijei. Agarrando-me ao seu rosto, ao seu ar, ao seu corpo. E eu a amei, pouco me importando se nos atrasaríamos, porque esse era o nosso último dia.

Ou talvez não fosse...

A esperança veio doce e venenosa demais para o meu próprio bem.

— Eu... — sussurrei no seu ouvido, entrando em seu corpo.

— Eu sei — Cahya disse de volta, sua boca se colando na minha, me implorando para não dizer em voz alta o que havia dentro de mim.

Guntur estava fazendo seu discurso, enquanto eu gravava o que ele dizia no celular, conseguindo todas as provas finais que precisávamos. O homem estava entregando cada uma das pessoas que estavam no resort. E ele já tinha um plano, que envolvia todo mundo; ninguém sairia de mãos vazias. Só faltava anunciar quem seria o verdadeiro ganhador da maior parte de suas obras e, evidentemente, do plano mestre. Então, eu me concentrei na tarefa, tentando ignorar os dedos de Cahya agarrados aos meus, a respiração dela, tudo que eu ouvia e sentia, pensando se seria a última vez.

As coisas estavam acontecendo rápido demais. Os segundos virando milésimos. As horas virando minutos. Os dedos de Cahya deslizando nos meus, ela escapando. Peguei sua mão, com firmeza, ignorando a voz de Guntur. Levei o dorso até minha boca, beijando a mão e a aliança em seu anelar.

Cahya me olhou, mas eu não pude retribuir o gesto.

Não ainda.

Se eu te olhar agora, vou quebrar.

— Cem peças do Picasso estão prontas. São cem obras que quero que sejam roubadas durante cem dias, ou enquanto o planejamento estiver acontecendo. O projeto será sorrateiro, não quero absolutamente *ninguém* cometendo um erro. É muito dinheiro que vamos ganhar. Então, eu pensei o seguinte... Elliot, pode se aproximar?

Isso está acontecendo rápido demais.

Fechei os olhos por alguns segundos.

— Sim, Guntur.

Me levantei e Cahya me acompanhou, fazendo seu papel.

Ele vai nos escolher.

— Fiz uma cerimônia linda para vocês e está na hora de cobrar aquele favor. Seus rostos são desconhecidos, vocês não têm ficha suja, então, são perfeitos para roubar os quadros. Cem dias, cem quadros. A maior parte será de vocês. Vamos fazer história no mundo do crime! Evidentemente, não espero que façam isso sozinhos. Dessa forma, nos bastidores, Suzanne... você é o que falta para esse trio ser perfeito.

Ela se levantou, abraçou Guntur e fomos aplaudidos de pé.

Suzanne.

O motivo de eu estar ali, em primeiro lugar. Senti o sangue ferver em minhas veias. A mulher que havia drogado Shane, tentado matar Lua... a mulher que fez da vida das pessoas que jurei proteger um inferno. Aquela mulher, a razão de todas as coisas, e eu estava a algumas horas de pegá-la.

E de perder Cahya.

Suzanne se aproximou e me deu um abraço. Então, se afastou e sorriu para mim.

— Sempre que te vejo, sinto que te conheço de algum lugar.

Dei de ombros, despreocupado.

— Eu tenho um rosto comum.

Ela riu.

— Oh, senhor Walker... você não é nada comum.

— Estou feliz por nossa conquista. — Meus olhos se estreitaram.

— Você poderia comemorar comigo. Podemos ser Bonnie e Clyde, Elliot.

— Sou bem fiel à minha esposa.

— Homem tolo. — Apertou minha bochecha, fazendo um biquinho. Depois, caminhou para longe.

Cahya veio para o meu lado, com uma taça de champanhe na mão.

— Não está muito cedo para isso?

Seus olhos estavam fixos em Suzanne.

— Não quando uma vadia dá em cima de você.

Sorri e a abracei, envolvendo sua cintura com a mão. Pairei os lábios sobre sua têmpora, inspirando o perfume dos seus cabelos, e dei um beijo ali.

— Está na hora de ligarmos para Stone — sussurrei.

— É... — Cahya concordou. — Vamos para a nossa suíte.

CAPÍTULO 29

And if you ever should lose hope
Follow my light from afar
When you don't know where you're going to
I will look after you

— *Aron Wright, "Look After You".*

MARK

— Como vou sair daqui sem que a polícia veja que estou com Suzanne? Se eles não podem saber, para não a prenderem antes de eu enfiá-la em um avião, e demorar a porra de uma vida até essa mulher ter o que merece de acordo com a burocracia da extradição... Merda, Stone. Me explica como vai ser possível enganar a sua equipe? — gritei, em um só fôlego.

— Você vai ter que sair junto com a invasão. Exatamente no mesmo minuto.

Cahya apertou os dedos nos meus.

— Não vou deixar Cahya sozinha.

— Mark! — ela me censurou.

— Eu tenho um plano — Stone murmurou, na ligação. — É o seguinte: vamos colocar um helicóptero no ponto do balão. Já devem ter visto ele por aí. Você vai subir no helicóptero, junto com a Suzanne desacordada. O helicóptero é particular. E você viajará privativamente também no avião que o enviará sem escalas para Miami. Eu conversei com um conhecido, que está particularmente interessado no seu caso...

— Você *o quê*?

— É o político Anderson.

Imediatamente, me lembrei de alguém que tinha o mesmo sobrenome... e de todo o caos que esse homem também causou na vida de Yan e Lua.

— Ele está bancando o helicóptero e o avião. Ele não quer que você pare. Quer que leve Suzanne direto para a primeira delegacia que encontrar assim que pousar.

— Como envolveu ele nisso, porra? — vociferei.

— Mark.

— Meu Deus, Stone! Você não faz ideia do inferno...

Aline Sant'Ana

— Ele me procurou. Eu não pude dizer não. Ele é um político influente e estamos fazendo isso tudo por baixo dos panos. Eu simplesmente não pude. E, se te serve de consolo, eu não conseguiria resolver essa operação nunca, se não tivesse recebido ajuda dele.

— Não me serve de consolo. O homem não foi capaz de defender a própria filha, de protegê-la quando ela mais precisou.

— Mark, com todo respeito, eu não me importo com os casos de família que você tem se metido. A única coisa que me interessa é o agora. E o político Anderson está tentando se redimir, pelo jeito. Eu não sei o que aconteceu, mas ele nem quer que a The M's saiba da ajuda que tem te oferecido. Eu só precisei te dizer porque sei que não entraria em um helicóptero, por mais que confiasse em mim, se eu não te contasse a verdade.

— Quanto tempo eu tenho? — Engoli em seco.

O tempo.

Eu queria que ele parasse e não me fizesse correr. Eu queria que ele desse uma pausa para eu respirar com Cahya em meus braços mais uma vez. Não pude evitar e desviei o olhar, pela primeira vez em dias, para o relógio que havia em nosso quarto. Cahya se afastou de mim, e começou a fazer nossas malas.

— Uma hora e doze minutos, contando a partir de agora. Vamos invadir, Mark. Pela porta da frente. Esteja pronto.

A ligação foi encerrada.

Coloquei o celular no bolso da calça social e só então me dei conta de que não poderia entrar em missão vestido daquele jeito. Cahya não me encarou quando o tirei do bolso e abaixei a calça. No meio das poucas peças de roupas que levamos, peguei uma calça jeans. Me vesti, os olhos fixos em Cahya. A camisa social não me atrapalharia, então, ia servir. Peguei a arma que não usei desde que pisei na Indonésia e ajeite-a entre a calça e a blusa, nas costas.

Cahya continuou fazendo as malas. E eu não sabia o que dizer.

Olhei para o relógio. *Uma hora restante.*

— Cahya...

— Precisamos de um plano. Guntur está, nesse momento, usando aquela sunga ridícula e fez todo mundo ir para a piscina principal. Nós não podemos demorar ou vão dar por nossa falta. E também precisamos ficar de olho em todos eles exatamente no instante em que invadirem. Não pode ser imperfeito. Então, se tivermos que correr, nós vamos.

— Não será estranho irmos para lá com roupas?

— Podemos alegar que estamos de saída.

— É, acho que vai servir.

Cinquenta e cinco minutos restantes.

Ela pegou uma mala e colocou no chão.

Me entregou a outra e voltou a arrumar as coisas.

Seu cabelo estava preso em um rabo de cavalo, os olhos, cheios de adrenalina e úmidos. A boca de Cahya estava vermelha, pela emoção contida. Já não vestia mais a minha camisa social, que agora estava na minha mala. Cahya se enfiou em uma calça jeans preta e uma regata branca, além de se equipar também com algemas e uma faca. Em seus olhos, mesmo que desviassem toda hora dos meus, havia tudo que eu sentia e mais um pouco.

— Cahya, me dá cinco minutos?

Parou a movimentação e me observou.

— Cinco minutos? — sussurrou.

— Só cinco.

Dei passos longos até alcançá-la. Minhas mãos foram para as laterais do seu rosto, acariciando com os polegares suas bochechas. Inspirei o mesmo ar que ela e, ao invés de falar mais uma coisa ou duas, decidi mostrar. Então, abaixei o rosto e meus lábios tocaram sua boca, devagar. Todo o tempo do mundo para alguém que estava com os minutos contados. Cahya sentiu, embaixo de mim, que aquele beijo ia ser importante. *Me aceita, Cahya. Pode ser a última vez.* Minha língua passeou por seus lábios, entreabrindo-os para mim. Cahya me ofereceu tudo. Seu corpo pequeno de encontro ao meu, as mãos no meu peito, provavelmente sentindo as batidas loucas do meu coração, sua boca permissiva. Ela mordiscou meu lábio, e eu suguei o dela, angulando seu rosto para tê-la o mais profundamente que eu podia. Minhas mãos foram para sua bunda, trazendo-a tão para perto de mim que comecei a sentir o sangue ferver.

E, então, me afastei lentamente. Segurei seu queixo, e seus olhos miraram os meus. Mas pude ver nas pálpebras semicerradas e na boca entreaberta o quanto eu mexia com ela.

— Obrigado. — Foi tudo que eu disse, porque era grato por muitas coisas relacionadas a Cahya, especialmente por ela ter me ensinado a amar e a ser alguém melhor.

Cahya umedeceu a boca, buscando meu sabor.

— Estamos prontos agora? — sussurrei para ela.

Aline Sant'Ana

Não vi certeza alguma em seu olhar.

— Estamos prontos.

Quando fomos para a piscina, cronometrei meu relógio de pulso para apitar uma única vez, mas, ainda assim, não fui capaz de parar de encará-lo. Cahya se acomodou na espreguiçadeira ao meu lado, enquanto observávamos Guntur e sua gente sem fazerem ideia alguma do que estava prestes a acontecer.

— Não é bizarro eles estarem tão felizes sem saberem que vão ser presos a qualquer segundo?

— Eles têm seis minutos.

Cahya sorriu.

— Vamos deixá-los curtir.

Meus olhos não saíram de Guntur, por mais que minha missão pessoal fosse pegar Suzanne e dar o fora dali. O homem seria quem Cahya prenderia primeiro, e vi que ele não estava armado. Ainda assim, era mais alto do que ela, talvez trinta quilos acima do peso de Cahya. Eu sabia que ela seria capaz de imobilizá-lo, mas não conseguia parar de pensar que, talvez, eu devesse estar aqui.

Você vai ter que sair junto com a invasão. Exatamente no mesmo minuto.

A voz de Stone invadiu minha cabeça.

— Mark, você precisa ir conversar com Suzanne. Ir tirando-a aos poucos daqui.

— Ainda temos tempo.

— Não temos.

Foquei meus olhos em Cahya.

— Eu vou injetar Clonazepam na veia de Suzanne assim que pegá-la. Está no bolso da minha calça. Acredite, eu vou jogar aquela mulher em cima do ombro, e correr como se não houvesse amanhã. Aí, entrarei na porra do helicóptero.

— Mark...

— Vai dar tempo.

— Ela pode fugir.

— Ela não é mais rápida do que eu.

— Mark, larga de ser teimoso.

Abri um sorriso.

Uma missão por você

— Você quer ficar comigo até o último segundo, e isso vai comprometer a sua operação.

— Eu prometi que ia socar Guntur.

— Você não está falando sério!

Meu relógio apitou.

Quase no mesmo segundo, começamos a escutar tiros na entrada do resort.

Me levantei imediatamente, puxando a arma da parte de trás da minha calça, a adrenalina atingindo meu sangue com força. Os homens de Guntur começaram a correr, dispersos, e a equipe de Stone invadiu usando toda a sua força e habilidade. Pelo posicionamento da invasão, soube que a ordem era não matar. Ninguém estava prestando atenção em mim. Olhei para Cahya, que estava com o joelho em cima das costas de um dos gêmeos White, algemando seus pulsos.

Ela não foi atrás de Guntur.

A missão da vida dela, o homem que a fez se mudar para a Indonésia, e Cahya simplesmente...

Encontrei Guntur com meus olhos. Ele estava correndo. Armado, dei a volta na piscina com a toda a velocidade que tinha, lançando um olhar para Cahya uma última vez. Senti o baque da corrida acelerar meu coração, meus olhos naquele instante totalmente focados em Guntur. Ele se atrapalhou para qual lado ia correr e, nesse momento, meu pé atingiu em cheio a parte de trás da sua perna, fazendo um joelho seu dobrar no chão.

Dei a volta e apontei a arma para sua cara. Ele ergueu as mãos, o choque passando por todo o semblante. Eu sabia que, aos seus olhos, eu o estava traindo, dado todo o apoio que ofereceu ao meu casamento.

Mas o cara era um falsificador.

E estava do lado errado da lei.

— Mãos na cabeça. O outro joelho no chão.

— Senhor Walker...

— Agora!

Guntur me obedeceu, a boca entreaberta.

— Como você e a senhora Walker...

— Prazer, me chamo Mark Vance Murdock, e não Elliot. Sou um ex-major do exército americano e estou aqui a passeio. Mas, como você sabe... vou ter o prazer de prender você, por todas as vezes que olhou para Cahya com luxúria.

Aline Sant'Ana

Guntur arregalou os olhos e abriu um sorriso.

— Oh, eu nunca...

Foi automático. A mentira me atingiu da mesma forma que meu pulso foi para o meio do seu nariz, quebrando-o. Guntur caiu, gemendo de dor, chorando por sua vida de regalias... ter acabado.

— E isso é por fingir que nunca a quis em sua cama. Tenha uma boa vida, cara.

Fui para trás dele, algemei seus pulsos, e foi quando um dos agentes de Stone me encontrou.

— Todo seu — eu disse, antes de correr de volta para a área da piscina.

Meus olhos percorreram o lugar. Todos os amigos de Guntur estavam de joelhos no chão, exceto Boen, que era um mordomo contratado. Agentes armados estavam posicionados, sabendo que havia sido uma operação tranquila, por ter tido tanto tempo para ser estudada. Levou alguns segundos para os meus olhos vasculharem tudo uma terceira vez, e eu perceber que não encontrava Cahya. Vi os rostos femininos, caçando em qualquer parte traços que me parecessem familiares.

Fui atingindo tão forte como se estivesse sofrendo um acidente de carro.

Ouvi a voz de alguém ao meu lado.

Zanzei o olhar por ali, mais uma vez, o desespero fazendo eu me mover depressa.

Fui parado quando um homem gritou meu nome.

Os olhos claros de Stone, os cabelos grisalhos, o terno caro, mesmo em uma operação...

— Você viu a Cahya? — gritei, desesperado.

Como se só naquele momento se desse conta de que não a tinha visto, Stone procurou-a com o olhar, negando.

— E Suzanne? — Minha voz saiu ainda mais alta, meus pés se movendo, meus olhos buscando.

— Eu pedi para você sair com a Suzanne, Mark! Você não me ouviu, porra!

Comecei a correr, sem saber para onde, ignorando Stone.

E foi naquele segundo que percebi que, nunca, em todas as missões que fiz, havia sentido tanto medo.

Não como estava sentindo agora.

Uma missão por você

CAPÍTULO 30

I want you to know
It doesn't matter
Where we take this road
But someone's gotta go
And I want you to know
You couldn't have loved me better
But I want you to move on
So I'm already gone

— *Sleeping At Last, "Already Gone".*

CAHYA

Era a missão da vida de Mark. Ele não queria tatuar o número dezessete. Não queria que as pessoas que ele amava corressem perigo. E eu entrei nessa missão *por* Mark. Havia entendido o significado do que aquelas pessoas eram para ele, então, droga... Assim que eu terminei de prender um dos White, peguei Suzanne de surpresa. Empurrei-a no chão e soquei seu rosto bonito cerca de cinco vezes até desacordá-la. Assim que a idiota desmaiou, joguei-a em cima do ombro sorrateiramente, para os homens de Stone não se depararem comigo acobertando uma cúmplice de Guntur. Foi meio difícil, eu era pequena e ela, muito alta, mas me senti bem capaz quando meus joelhos não dobraram depois do primeiro passo.

Ah, sim... eu não fui nada delicada.

Aquela vadia deu em cima do Mark na minha cara. E vi que ele tinha ido atrás de Guntur. Quem iria atrás da psicopata insana? Eu. Porque ninguém ali pareceu entender a importância dessa missão, nem mesmo Mark. Ele abstraiu o que Suzanne fez com todos que amava. Continuei caminhando com Suzanne em direção ao helicóptero.

— Para uma gostosa, você pesa uma tonelada — resmunguei, ajeitando-a.

Cheguei perto o suficiente para o vento começar a balançar meus cabelos e eu precisar estreitar os olhos. O piloto não desligou o motor; devem ter pedido para ele fazer isso. Havia dois homens ali dentro, vestidos de preto, provavelmente a mando do Stone. Eu respirei aliviada, sabendo que receberia ajuda. Meu celular vibrou no bolso, mas não pude atender, porque derrubaria a mulher que carregava com muito custo nos ombros.

Foi então que escutei a voz de Mark.

Aline Sant'Ana

Ele deu um grito tão alto e masculino, clamando por mim, que me virei da forma que pude com Suzanne no ombro. Senti meu coração parar de bater, porque Mark caiu de joelhos.

Ele estava longe demais para eu conseguir alcançá-lo com Suzanne.

Meu Deus, ele caiu de joelhos.

Em algum momento, o peso do corpo de Suzanne saiu dos meus ombros. Escutei a voz de um homem me dizendo que a tinha nos braços, e que estava tudo bem. Sem o peso dela, comecei a correr, pisando na grama, sentindo o desespero crescer a cada passo. Mark estava chorando compulsivamente quando quem se ajoelhou fui eu. Toquei seu rosto, o vento alcançando nós dois. Um grito atrás de nós avisou que não tínhamos muito tempo.

Eu nunca, em toda a minha vida, vi um homem cair daquela forma, quase como se não pudesse mesmo se manter em pé. E as lágrimas que saíam dos seus olhos eram geladas e cruéis. Não consegui falar, só tocar Mark. Ele continuou a chorar, seus braços vieram em volta de mim, nós dois de joelhos na grama. Seu rosto se enterrou no meu pescoço, o desespero cobrindo seus soluços. Seus dedos me esmagaram, seus braços fortes me acolhendo. O perfume dele era o mesmo que da primeira vez. O seu cheiro, o seu calor. Eu anotei mentalmente todas as sensações que aquele homem provocou em mim.

Não vou chorar. Aquela era a nossa despedida. *Eu não posso te deixar ir.*

— Mark...

— Por um segundo, eu pensei... pensei que Suzanne... porra, eu morri. Cahya, por um segundo, eu morri.

Beijei seu pescoço, acariciando seu cabelo curto, a barba causando cócegas no meu pescoço.

Ele achou que algo tivesse acontecido comigo.

Eu só quero te sentir por mais cinco segundos.

— Eu soquei a vadia da Suzanne e... trouxe ela para cá. Porque você se esqueceu dela.

Ele riu baixinho no meu pescoço, enquanto ainda chorava.

— Suas coisas ainda estão na minha casa. Sua caneca... — sussurrei, seu calor me mantendo viva. — E a rede onde você me beijou pela primeira vez.

— Cahya, me deixa ficar.

— Eu não posso fazer isso com você.

Fica, por favor. Mark se afastou lentamente do abraço. Ele passou os dedos pelo meu rosto, como se estivesse me desenhando. Foi nesse segundo que percebi que estava chorando, porque seus dedos ficaram molhados. Mark abriu um sorriso triste, encarando meus lábios. Seu nariz veio em direção ao meu, e ele pairou sua boca sobre a minha, sem tocá-la.

— Não vou fazer isso com a gente. Não vou te beijar uma última vez.

— Um dia, eu vou voltar, Cahya. E não estou pedindo que você me espere. Longe disso, por Deus. Só estou dizendo que... eu vou voltar.

— Talvez você não possa.

Ele fechou as pálpebras.

— Eu vou prometer a você. — Sua voz fez cócegas na minha boca. Senti minha garganta fechar. Mark segurou meu rosto com força e abriu seus lindos olhos negros. — Eu prometo, Cahya Aziz York, que, um dia, eu vou voltar.

Seus lábios suavemente tocaram os meus, mas sem beijá-los. Ele raspou a boca na ponta do meu nariz, e foi subindo, beijando tudo, até alcançar minha testa. Mark segurou minha nuca com força, pressionando um beijo intenso entre meus olhos.

Um milésimo de segundo passou e, então, ele ficou de pé. Mark me puxou, me afundando em seu abraço, e não consegui processar aquele instante. Eu só queria guardá-lo. Eu queria salvá-lo para nunca me esquecer, mas era como se a minha mente estivesse se esquecendo rapidamente, como se eu nunca fosse capaz de sentir isso de novo, como se nunca fosse me lembrar dos braços dele em torno de mim.

Apertei-o com mais força.

Seus braços me soltaram. Mark se afastou até não haver mais um centímetro me tocando. Senti sua ausência me consumir mais do que a presença dele. Eu sabia, em algum ponto racional, que eu era capaz de viver sem Mark, que eu era um ser humano inteiro e que não precisava sentir como se pedaços meus estivessem indo embora. Mas havia uma parte, boa parte, que sentia que eu não poderia respirar sem seu abraço e que o amanhã seria punitivo e uma tortura porque, pela primeira vez em semanas, eu não veria o rosto dele nem escutaria seu bom dia.

Assisti-o virar as costas e começar a caminhar em direção ao helicóptero, e vi aquilo tudo como se fosse uma cena triste de um filme que eu amava. Como se não fosse comigo, porque, se fosse, eu ia cair naquele gramado. O helicóptero começou a acelerar as hélices quando Mark chegou perto o bastante. Vi-o procurar o braço de Suzanne para sedá-la completamente, e então... virou-se para mim. Mark, encarando-me à distância, puxou algo do bolso, me mostrando O Nó Sem

Fim. O amuleto esteve com ele esse tempo todo. O reflexo da luz bateu na peça, me alcançando.

As lágrimas ficaram mais densas em minhas bochechas.

Aquele homem entrou na minha vida com um propósito único de ir embora. Eu deveria estar preparada para vê-lo partir, deveria dizer a ele que o amava e agradecê-lo por ter me amado também. Eu deveria ter dito tantas coisas... E o que foi aquilo de não nos beijarmos uma última vez?

O helicóptero começou a subir lentamente, com a porta aberta, Mark quase sentado do lado de fora. Assisti seu grito, embora não pudesse ouvi-lo, no mesmo segundo em que meus pés começaram a correr até ele. Balançando, o helicóptero pousou de novo, e eu cheguei perto o bastante. As hélices mantiveram o movimento quando Mark abriu os braços para que eu fosse até ele. E eu fui, sendo recebida por um amor que não estava destinado a ir embora. Sua boca veio direto na minha, suas mãos em cada parte da minha alma. Seus lábios quentes e salgados das nossas lágrimas foram a memória que eu mais quis agarrar.

Mark pediu espaço com a língua, invadindo a minha boca, a minha vida inteira. Eu nunca poderia prever que o amaria dessa forma, com essa intensidade, mesmo sabendo que essa despedida aconteceria. E Mark me amou de volta, sua língua girando devagar, um pedido que o tempo parasse por um minuto inteiro.

Ofegante, Mark se afastou.

— Eu te amo — sussurrei, e pressionei meus lábios, segurando as lágrimas.

— A missão era não te amar, Cahya. Eu falhei. Você é o meu número dezessete.

Acabei rindo de tristeza. Mark soltou um suspiro antes de eu ir, soltando-o aos poucos.

— Seja feliz, Mark. E ame. Você não precisa esconder isso de ninguém.

Concordou, seus olhos refletindo todo o carinho.

— Bom dia, senhorita York — ele gritou, as hélices mais rápidas.

Abri um sorriso, as lágrimas ainda descendo.

— Bom dia, major Murdock.

O helicóptero subiu e eu me abracei. Chorei por mil amores perdidos. E só parei quando senti uma mão no meu ombro.

— Você está bem? — Stone questionou.

— Eu me apaixonei por ele — confessei. — E agora, como todas as pessoas em minha vida, Mark se foi.

Uma missão por você

CAPÍTULO 31

The broken clock is a comfort, it helps me sleep tonight
Maybe it can stop tomorrow from stealing all my time
And I am here still waiting though I still have my doubts
I am damaged at best, like you've already figured out

— *Lifehouse, "Broken".*

MARK

Apontei a câmera do celular para a cena, porque sabia que toda a The M›s ia querer ver isso em primeira mão. Abri um sorriso quando os policiais começaram a rir, a certa distância, da maneira que entreguei Suzanne. Ela estava com uma corda em volta do corpo e um laço de fita vermelho em volta. No pescoço, havia um colar de barbante com uma plaquinha com seu nome e o número do caso. Ela gritou de ódio. Desliguei a gravação do vídeo e o assisti para ver se estava com boa qualidade.

— Quem diria que você tem senso de humor, Mark? Ainda mais cansado do jeito que está.

Carter estava certo.

Eu me sentia exausto.

— É, senhor McDevitt. Há certas coisas que me sinto levemente influenciado por vocês.

— Fico feliz que tenha me ligado quando chegou. Eu e Erin vamos amanhã para a Argentina.

— Já conseguiu levá-la para vários desfiles?

— Alguns. Kizzie não queria que eu retornasse, mas, sabe... eu sei que eles estão sozinhos para lidar com tudo.

— Yan já foi para o Brasil com a Lua?

— Já, faz um tempo — Carter respondeu. — Shane já está no resort com a Roxanne. E, cara, nós estamos aqui.

— Espero que faça uma ótima viagem amanhã.

Carter se recostou no banco da praça, sorrindo.

— Estar com a minha Fada já significa ter uma ótima viagem.

— Vocês passaram por muita coisa.

Aline Sant'Ana

O vocalista da The M's, discretamente, desviou o olhar para a minha mão.

— E, pelo visto, você também.

Engoli em seco e optei por não responder. Se eu deixasse a emoção levar a melhor e contasse para ele, Zane, Yan ou Shane... os caras, especialmente por estarem apaixonados, me enviariam em um voo só de ida para a Indonésia. E eu tinha planos de, daqui a um ano, realmente voltar para Cahya. Mas, com Shane em reabilitação, lidando com seus próprios demônios, a mídia crucificando essas pessoas para quem eu trabalhava, *pessoas boas*, eu simplesmente não poderia ir. Não agora.

Poucos minutos depois, os policiais pegaram Suzanne e a levaram para dentro da delegacia. O alívio veio para nós dois em um longo suspiro. Carter pegou o telefone para avisar Zane, e eu pedi um minuto para ele porque queria dar essa notícia para Yan.

Puxei o celular e fui até a letra Y. Assim que encontrei seu contato, apertei o botão verde.

— Mark?

— Senhor Sanders.

— Aconteceu alguma coisa?

— Sim, já estou em Miami. Por favor, assista ao vídeo que te encaminhei por e-mail.

Escutei Yan se mexendo para ir até algum lugar. Lua estava com ele, e pude ouvir em sua voz uma pergunta preocupada. Quase fechei os olhos por um segundo. A voz de Lua me lembrava a de Cahya.

Havia muitas coisas a serem ditas para Yan e Lua. Talvez eu esperasse os dois retornarem, para poder falar que o Sr. Anderson me auxiliou e muito, e não só no helicóptero e no avião. O homem pessoalmente foi me buscar no aeroporto quando cheguei, e seus olhos estavam injetados de ódio quando ele viu Suzanne se debatendo, já acordada há tempos, xingando-o de coisas terríveis e prometendo a morte de todos que ele amava.

Assisti, meio impressionado, ao Sr. Anderson dizer para Suzanne que ela já tinha ferrado a vida dele, e agora estava na hora de ela ter o que merecia. Ele sorriu e disse algo como: você não sabia com quem estava lidando.

Sr. Anderson me deixou na primeira delegacia que encontrou e foi embora. Eu pude ver, pela ausência do terno e a barba por fazer, que o homem estava uma merda. Não podia servir de intermediário para ele recuperar a confiança da filha, mas, se o senhor Anderson precisasse de qualquer ajuda, eu estaria lá.

— Mark... é sério? Você conseguiu levá-la até a delegacia?

— Eu prometi a você.

— Porra! — Escutei, em uma palavra, todo o alívio de Yan. Toda a angústia, o medo dele, os problemas que passou... se esvaindo. Engoli a emoção de saber que, dessa vez, eu não havia falhado. Que Yan entendia agora que as pessoas que ele amava estavam salvas. — Mark, nem sei como te agradecer.

— Na verdade, eu vou te passar um telefone. Se não for muito incômodo, pode ligar para ela?

— Quem é?

— Cahya, a agente que me auxiliou no caso. Se não fosse por ela, talvez Suzanne tivesse escapado.

— A moça... que ouvi na virada do ano?

Umedeci a boca, as cenas da virada invadindo minha memória.

— Sim.

— Eu vou ligar para ela e pessoalmente agradecê-la.

— E... Yan?

Chamá-lo pelo nome o fez ficar em silêncio absoluto.

— Por favor, pare de se culpar.

Ele pigarreou.

— Ok.

— Prometa isso.

Cinco segundos se passaram.

— Eu prometo.

— Aproveite a viagem, Sr. Sanders. — Desliguei a chamada.

Carter se aproximou de mim e cruzou os braços na altura do peito. Ele ficou olhando para a rua movimentada, junto comigo. Nós ficamos ali, sem dizer nada por um tempo, até Carter me olhar.

— Ninguém sabia o que você estava fazendo. Achávamos que estava de férias. Nunca passou pela minha cabeça que tinha ido atrás de Suzanne.

— Somente o Sr. Sanders sabia. Eu não queria passar essa informação para vocês, porque sei que me tirariam de lá, nem que tivessem que ir pessoalmente para a Indonésia. Kizzie vai me matar.

— O que você fez por nós, ninguém faria, Mark. Você não é só o nosso

Aline Sant'Ana

segurança. Sabe disso, a essa altura, não é?

As palavras de Cahya voltaram para o meu cérebro e tocaram-me como uma brisa fresca.

— Sim, senhor McDevitt. E vocês, igualmente, não são para mim apenas os meus patrões. O que eu fiz... faria absolutamente tudo de novo. Se eu pudesse sentir que, finalmente, vocês teriam um pouco de paz. Farei tudo ao meu alcance para isso jamais se repetir. E, com isso, eu dou a minha palavra.

— Você é foda, Mark.

Sorri e bati no seu ombro.

Eu ia dizer mais alguma coisa, mas uma Harley-Davidson estacionou no meio fio. Zane D'Auvray quase nunca tirava aquela moto da garagem, e esse foi todo o sinal de pressa que ele poderia demonstrar. O guitarrista maluco já era naturalmente agitado. Ele tirou o capacete e veio correndo até nós.

— Você foi para a porra da Indonésia pegar a louca da Suzanne? — vociferou.

Assenti.

— Porra, Mark! Faz ideia do perigo que correu, caralho? Você não tem um pingo de juízo nessa sua cabeça?

Zane desceu os olhos por mim, como se quisesse ter certeza de que eu estava bem. Ele, então, encarou algum ponto na minha mão. Seu rosto foi perdendo a cor e, como se quisesse ter certeza, encarou Carter.

Depois, a mim.

Ele abriu a boca.

— Isso é uma porra de uma aliança? Você *casou*? — gritou, chocado.

Soltei um suspiro.

— Zane, eu tentei não perguntar para ele...

— Ah, que se foda. Eu quero saber o que diabos aconteceu na Indonésia. Não casou com a Suzanne, não, né?

Eu ri.

— Não, e não foi bem um casamento...

— Me conta essa merda. Vamos tomar um café.

Saí dali com dois rockstars da The M's, observando tudo ao redor enquanto íamos para a cafeteria mais próxima. Eles, às vezes, se esqueciam quem eram, mas eu jamais poderia me esquecer, nem quando estava com eles informalmente.

Eu não queria ter contado nada.

Mas, antes que pudesse pensar sobre aquilo mais uma vez, tirei o amuleto de Cahya do bolso, agarrei-o com a mão direita, e fiz as palavras saírem da minha boca.

— Quando fui para o Chile...

Carter cruzou os braços e Zane arregalou os olhos.

Naquele instante, eles não eram os rockstars que eu protegia com a minha vida.

Naquele instante... eles eram meus amigos.

Uma missão por você

EPÍLOGO

Ain't nobody in the world, but you and I
You and I
Ain't nobody in the world, but you and I

— *John Legend, "You & I (Nobody In The World)".*

Um tempo depois...

CAHYA

O elevador sinalizou que eu estava no andar certo, embora não sentisse que estava. O nervosismo corroeu minhas veias, e eu nem sabia o que diabos estava fazendo ali.

Eu deveria voltar.

Olhei para a mensagem no meu celular.

Bom dia, senhorita York.
Sinto sua falta.

Talvez fosse cruel eu e Mark nos falarmos todos os dias. Talvez fosse uma tortura para nós dois, mas era inevitável. Eu sentia falta dele. E, ainda que tivéssemos fusos horários completamente diferentes, dávamos o nosso jeito de desejarmos bom dia e boa noite. Estar sem ele, só ouvindo sua voz casualmente e vendo-o nas chamadas de vídeo, me fazia perceber que nem todo o tempo do mundo, nem toda a ausência física, nem os dezessete mil malditos quilômetros...

Merda, eu não podia começar a chorar agora.

Dei um passo para fora do elevador, pisando no corredor comprido e extenso. As salas, todas de vidro, me fizeram ver a equipe que trabalhava ali. Todos ocupados demais para prestarem atenção em mim. Agarrei o papel com mais força, meu coração batendo tão forte que não imaginei ser possível. A ansiedade fez minhas mãos suarem, e meus pés estavam dançando dentro dos saltos.

Por que eu vim de salto alto?

Um homem loiro de um e noventa de altura, cheio de tatuagens, e os olhos mais verdes que já vi na vida apareceu na minha frente. Ele tinha um sorriso tão surpreendente que automaticamente retribuí o gesto.

Ele olhou para a minha mão.

Aline Sant'Ana

— A menina da aliança. É um prazer conhecê-la.

Engoli em seco, me dando conta de onde realmente estava.

No prédio administrativo dos rockstars do momento.

E aquele era o vocalista da banda The M's. Era um pouco surreal vê-lo pessoalmente. Depois que conheci Mark, passei a ouvir as músicas deles com frequência, e a conhecê-los, mesmo à distância. Quando Yan contou o que estava acontecendo, ele fez questão de me apresentar ao grupo da The M's e suas respectivas namoradas. Aqueles meninos já faziam parte da minha vida, de certa forma. Mas vê-los pessoalmente... não se comparava às imagens que tinha na cabeça.

Agora, eu estava ali, com Carter McDevitt.

Um garoto de uns vinte e pouco anos apareceu. Eu poderia dizer que ele era um garoto, mas, na verdade, seria muito errado. Apesar do rosto fazer parecer que não passava dos vinte e cinco, a altura, o corpo e as tatuagens indicavam que ele era muito mais homem do que... muitos homens que conheci.

Oh, Deus.

— Ah, a menina da aliança. Oi, beleza? Sou o Shane.

Ele veio e me abraçou, me dando um beijo lento na bochecha.

Outro homem apareceu. E, dessa vez, logo o reconheci: Zane D'Auvray.

— Ah, porra, Cahya! Você demorou uma vida!

Arregalei os olhos.

— Eu peguei trânsito.

— Miami é um inferno. Seja bem-vinda, garota da aliança.

— Vocês todos me chamam assim agora?

— Ah, sei lá. É meio que legal. — Shane sorriu, os olhos de cores diferentes brilhando.

— Se você quiser vir com a gente, te levamos até o Mark — Carter ofereceu.

Meus joelhos tremeram e mal consegui respirar. Senti meus pés fincados no chão, incapazes de me ajudarem a andar.

— Ela está nervosa — sussurrou Shane.

— Talvez a gente deva dar um tempo a ela — Carter pontuou.

— Ou a gente a joga no ombro e leva até Mark. Meio Tarzan e coisa e tal — Shane opinou, com um sorriso.

Pigarreei.

— Sou perfeitamente capaz de andar sozinha.

— Yan está distraindo o Mark. Então, se quiser ir, é o momento — Zane, apressado, intercedeu.

Fechei os olhos por cinco segundos.

— E se ele disser não? — perguntei para os três homens lindíssimos na minha frente.

Carter abriu a boca para dizer algo, Zane deu um passo para frente e Shane...

Ele simplesmente...

Senti meus pés saindo do chão e o mundo, de repente, virando de ponta-cabeça.

— Me solta! — gritei, assim que ele me pegou e me jogou sobre ombro. Fiquei olhando a bunda dele rebolar enquanto eu tentava cobrir a minha própria bunda, que estava virada para cima. Dei graças a Deus por ter vindo com uma saia social e que beirava o meio das coxas. *Ainda assim... merda!* — Shane D'Auvray, eu sou uma agente da Interpol e posso facilmente...

— O quê? Me derrubar no chão? — Ele riu. Olhei para Zane, que também estava rindo e falando algo para Carter, que não consegui decifrar, já que estava de ponta-cabeça e com a bunda do baixista na minha cara. Escutei Carter falando para ele se comportar, mas Shane deu de ombros, me jogando para cima e para baixo com o movimento. Senti o mundo girar mais uma vez quando fiquei sobre meus próprios pés.

— Você está muito encrencado!

— Eu? Tô nada. Vai logo e fala com o Mark. Diz que o ama e se declara.

— Coisa que você poderia aprender, pirralho — Zane alfinetou, sorrindo.

— Calem a boca. Os dois — Carter interviu. Ele apoiou uma das mãos nas minhas costas e tirou um segundo para me olhar bem fixamente de perto. A outra mão de Carter veio para os meus cabelos, e ele ajeitou os fios bagunçados, sorrindo de lado para mim. Fiquei estática. *Como vou sobreviver a esses rockstars? Cada vez que olhar para o lado, terá um deles.* Ele terminou de me arrumar e colocou a mão na porta, os dedos tocaram a maçaneta e ele não tirou os olhos dos meus. Dei uma olhadinha para a sala. Essa não era de vidro e eu não fazia ideia de como Mark estava.

— Está pronta? — Carter indagou.

Respirei fundo, a ansiedade fazendo minhas palmas suarem.

Aline Sant'Ana

Ajeitei a saia.

— Acho que sim.

Então, a porta se abriu.

A primeira coisa que vi foi Mark. Ele estava sentado em uma cadeira giratória, de calça social preta e camisa banca, com as mangas dobradas na altura dos cotovelos, à vontade. A camisa estava com dois botões abertos, e pude ver as tatuagens que espreitavam pelo pescoço, abraçando sua pele. Ele não me viu, porque estava com os olhos no celular, esperando talvez a resposta de uma mensagem que havia acabado de me enviar. Mark manteve a barba, e o corte de cabelo estava pouca coisa maior do que quando o vi da última vez. Ainda assim, era o corte militar. Ele não fazia ideia de como ficava bonito assim, de como tirava todo o meu ar.

Oh, Deus, que saudade.

A memória de quando me despedi dele veio tão rápido como toda a nossa história, sendo contada de trás para frente. As noites mal dormidas pelo sexo incansável. A maneira de ele dizer que me amava quando me beijava. A forma como seu rosto suavizava quando eu o abraçava. As noites no meu apartamento, a rede. Nosso primeiro beijo. A festa. O dia em que o busquei no aeroporto.

O agora.

— Yan, você acha que conseguimos nos organizar? Porque, cara, o tempo está apertado. Shane acabou de voltar e...

Mark finalmente olhou para a porta.

Sem senhor Sanders.

Sem senhor D'Auvray.

Ele havia mesmo se libertado e começado a amar aquelas pessoas.

Esse foi um dos motivos que me fizeram voar até Miami.

O celular de Mark escorregou de sua mão. Não consegui tirar os olhos dos dele, nem quando Yan se aproximou e me deu um beijo carinhoso na testa.

— Prazer em finalmente conhecê-la. Vou deixar vocês a sós.

Eu poderia pedir desculpas a Yan mais tarde, porque não lhe respondi nem sequer prestei muita atenção no baterista da The M's.

A porta se fechou atrás de mim.

E, então, só existiu nós dois.

Ninguém no mundo além de nós dois.

— Cahya? — Mark se levantou, incerto. Era como se ele estivesse vendo uma coisa... que não era capaz de acreditar.

Ele começou a caminhar até mim, e o seu perfume veio antes dele. Me tocando. A fragrância picante de âmbar, lima e carvalho me fez entender que... sim, Mark estava mesmo ali.

Sim, eu estava ali.

Agarrei o papel com mais força.

Abri um sorriso.

Senti meus olhos se emocionando, mas os contive.

— Bom dia, major Murdock. Eu também sinto sua falta — respondi sua mensagem pessoalmente.

Ele abriu os lábios, os olhos dançando por mim, seus braços se abrindo.

Incrédulo.

Mark piscou várias vezes.

E chegou bem perto.

Sua mão veio primeiro para o meu rosto, acariciando minha bochecha com o polegar, enquanto a outra puxava minha cintura ao seu encontro. O calor do seu toque me trouxe a consciência de que estávamos no mesmo cômodo. Sem chamadas online. Eu estava em seus braços. O papel ficou amassado entre nós e, talvez, eu devesse pedir uma segunda via mais tarde. Só que, no segundo em que Mark me puxou para ele, o mundo voltou a se encaixar, e meu coração parou de sangrar.

Reencontrei os pedaços que Mark havia roubado.

E me senti completa.

— O que... o que... — Foi incapaz de completar a frase.

— Seus amigos se tornaram meus amigos. E eu fiquei sabendo que você, em um ano, pediria demissão.

— Cahya... — ele sussurrou. — Você está mesmo aqui?

Inspirei o mesmo ar que ele, meu nariz acariciando o seu rosto. Fechei os olhos, sentindo as batidas do meu coração acelerarem mais do que deveriam. Toda a emoção de tê-lo ali se agitou em mim.

— Es-stou. — Minha voz tremeu.

Não nos beijamos, por mais que a vontade de fazer isso arranhasse meu peito. Umedeci a boca, apenas tirando um tempo para sentir Mark. Suas mãos em

Aline Sant'Ana

mim, a solidez da sua presença, a sensação de tê-lo de novo.

Fechei os olhos.

— Como? — Mark quebrou o silêncio, abrindo as pálpebras e me admirando.

— Há uma pessoa que viu esse amor crescer, Mark. Alguém que me viu quebrar quando perdi Alex e me viu quebrar de novo quando te perdi. Eu só estava esperando esse papel ficar pronto, para poder te perguntar... se você quer que eu o assine.

Afastei-nos, e senti toda a relutância do mundo de Mark em me deixar ir. Apoiei o papel sobre a mesa da sala de reuniões da banda, o universo daquele homem. Ele desviou o olhar para o papel, vendo que estava assinado por Stone, mas ainda havia um espaço em branco, que eu não havia preenchido.

— Quando Stone me pediu para ajudá-lo, ele disse que eu receberia uma promoção e férias. Estou unindo o útil ao agradável. — Sorri, minha garganta coçando pelas lágrimas que não deixei cair. — Esse papel me dá uma transferência definitiva para Miami. E férias... de dois meses. Não vou para o Japão, mas parece que Miami é quente e gostosa. Eu acho que, se for trabalhar aqui, vou estar de férias o tempo todo. Sabe, eu até gosto do verão...

Não terminei de falar, porque as mãos de Mark saíram do papel e vieram para mim. A intensidade dele, suas lágrimas, foram bebidas pela minha boca. E eu senti tanta... tanta saudade daquele beijo, que me perdi e tive medo de fazer errado.

Mas não havia nada de errado quando nossas bocas se tocavam, e a língua dele pedia espaço para girar lentamente em torno da minha.

Abri e cedi calorosamente, meus braços rodeando sua nuca. Mark gemeu no abraço, sua altura me consumindo, meus pés saindo do chão, como na festa e na primeira vez que senti seus lábios nos meus.

Mark igualou nossas alturas enquanto me puxava para cima, para ele, e me beijava. Angulei o rosto para dar a ele tudo que queria. O amor, seus pedaços que estavam comigo, sua caneca, seu prato, a maldita rede... Um beijo foi capaz de ser um sim, de ser um começo. A incerteza de que ele me aceitaria evaporou, e a certeza de que o amava gritou a plenos pulmões em meu coração.

Mark mordiscou meu lábio inferior, sua boca inchada da minha.

Seu olhar se tornou terno.

Mark afastou nossas bocas, e meus saltos tocaram o carpete.

Sua mão permaneceu na minha cintura.

Ele pigarreou, mas seu rosto estava molhado de emoção e seus lábios, machados de batom.

— Você... está me dizendo que vai trabalhar em Miami? Ainda na sua função?

— Em um cargo administrativo, na verdade. Vou ficar atrás de uma mesa, sendo uma poderosa chefona.

Ele riu, incrédulo. Seus olhos encontraram os meus.

— É isso que você quer? Eu ia largar tudo para ficar com você.

— Aí é que está, Mark. Eu não tenho nada na Indonésia que me faça ficar. Já aluguei o meu apartamento e percebi que aquela era a única raiz que me mantinha ali, além do meu emprego. Aqui, você tem uma família. Pessoas que te amam. Eu jamais poderia viver sabendo que te pedi para abandoná-los. Mas também não posso viver sem você.

Ele prendeu a respiração.

— Eu amo tanto você. Meu Deus, Cahya.

— Eu amo loucamente você, Mark.

Ele pegou minha mão, olhando a aliança que ainda havia ali. O seu anelar também estava ocupado, o ouro cintilando entre nós. E eu pressionei meus lábios, porque aquela era a prova de que nós não poderíamos deixar o outro ir.

Mark me encarou.

O sorriso em seu rosto foi a coisa mais bonita que já vi em anos.

Ele levou minha mão à boca, beijando a aliança.

— Eu quero muito poder te pedir para ser minha do meu jeito, e poder viver com uma aliança que seja nossa, e não de um falsificador maluco. Eu quero me ajoelhar aos seus pés de novo. E, dessa vez, não para chorar e sentir a dor de te perder, mas para garantir que nunca vá embora.

Oh, Cristo.

Mark umedeceu a boca.

Sua mão soltou da minha e ele abriu um sorriso de canto de boca. Os dedos dele foram para os botões da camisa, e Mark começou a desabotoá-la. Eu espremi os lábios, querendo sorrir entre as lágrimas.

— Posso dizer que ficar em Miami é uma garantia do para sempre, uma garantia do quanto eu amo você, mas, talvez, se eu mostrar... — Mais botões saíram, até a camisa ser completamente aberta. Admirei o corpo daquele homem e quando ele deu de ombros para deixar a camisa cair, ficando com ela presa apenas nos braços e cintura. Parei de respirar. — No meu coração, Cahya. Procure a razão para assinar o papel, tenho certeza de que vai encontrar.

Aline Sant'Ana

Alcancei Mark, a ponta dos meus dedos em sua pele vermelha e febril, denunciando que não havia muito tempo que fizera. Próximo à floresta noturna em seu peito, exatamente na altura do seu coração, em um espaço que parecia ter sido feito para mim, estava o meu nome. Entrelaçado em sua história, em sua vida, uma marca eterna daquilo que fomos um para o outro. E não só o meu nome estava em seu coração que batia descompassado. Havia o símbolo do Nó Sem Fim, indicando que não havia um fim para nós dois e que o meu presente de Natal seria eternamente guardado com ele.

Seus lábios tocaram minha testa, sua respiração aquecendo minha pele, enquanto eu lentamente desenhava cada letra tatuada sobre a pele bronzeada. A pulsação vibrou em meus tímpanos, e as lágrimas que não quis derramar se tornaram um fluxo constante.

Ele segurou meu queixo, guiando meu rosto para cima, e Mark beijou o ponto entre meus olhos.

Pela visão periférica, encontrei uma caneta sobre a mesa. Peguei-a junto com o contrato e coloquei o papel do lado direito do seu peito. Olhei a linha que tinha que assinar uma única vez, porque queria escrever meu nome admirando os olhos de Mark.

Ele umedeceu a boca quando fiz a curva final do k.

Seus braços me rodearam de repente e soltei a caneta e o papel sobre a mesa, rindo de pura felicidade. A respiração dele tocou meu rosto. Os olhos de Mark se fecharam. Ele me abraçou com toda a força e a certeza, colando-me nele. Em seguida, inspirou profundamente no meu pescoço, seu nariz e lábios raspando a pele, me arrepiando.

— Eu nunca mais vou embora, major Murdock — sussurrei.

— Eu acho bom você ficar — sua voz rouca vibrou entre nós —, porque eu vou encher o meu apartamento de canecas e pratos ovais, senhorita York.

— Não vai colocar uma rede?

Ele afastou o rosto apenas para que eu visse o sorriso malicioso em sua boca e pegou meu lábio inferior entre os seus, chupando de levinho.

— Acho que não vamos precisar.

— Vamos ter um cachorro?

— E um gato — ele acrescentou, descendo seus beijos para o meu queixo, seus lábios deixando rastros quentes por onde passavam.

— Um pouco dos dois, então. — Sorri, me lembrando da frase do aeroporto.

— Um pouco de tudo, amor.

Em seguida, Mark fechou as persianas e trancou a porta, me deitando com pressa na mesa. Ele tirou minhas roupas lentamente, o relógio ao fundo denunciando que o tempo estava passando e que, dessa vez, estava a nosso favor.

Teríamos a eternidade.

Seus beijos eram ternos, mas o prazer silenciou o carinho quando constatei a falta que Mark me fazia. Pedi, baixinho, que matasse sua ausência, e foi exatamente isso que ele fez. Tirou sua calça junto com a boxer e me penetrou sem pressa, seu corpo se acomodando languidamente ao meu.

Saciada e amada, vi na tatuagem em seu peito e em olhos a promessa que ele nunca teve a chance de fazer. Mark me tocou com a sede da primeira vez e com a certeza de ser o meu último homem.

Então, a saudade se foi porque seus toques tornaram-na inexistente, o prazer de estarmos finalmente juntos em todos os gemidos suaves que soltamos. As lágrimas, por fim, se tornaram a alegria pela perspectiva do nosso futuro.

Mil fogos de artifício cobriram nós dois um momento ou dois depois.

E, encarando seus olhos, segurando seu rosto, eu fiz com que Mark entendesse cada uma das minhas palavras.

Prometi, em voz alta, que ele nunca mais teria que se esconder do amor.

Garanti que ele seria escolhido, por mim, todos os dias.

E que nós nunca mais teríamos que dizer adeus.

FIM

Aline Sant'Ana

Uma missão por você

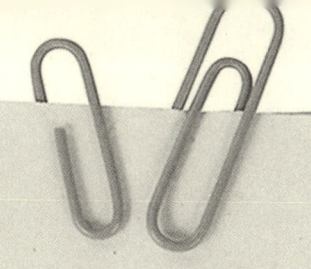

Recadinho da autora.

Olá, leitores!

Diferente de um agradecimento, hoje quis vir no final do livro Uma Missão Por Você conversar um pouquinho.

Primeiro, quero dizer o quão importante esse livro é para a série Viajando com Rockstars. Muito além do romance, Uma Missão Por Você aborda pontas que estavam soltas e agora foram resolvidas. Então, para total entendimento da série e dos livros que virão, esta história é imprescindível.

Segundo, quero agradecer de todo o coração o apoio que vocês me deram e como torceram para Mark e Cahya saírem do e-book e se transformarem em físico. Agradeço porque, se vocês não sonhassem junto comigo, quem iria fazê-lo?

Amo profundamente vocês, meus leitores. Mark e Cahya são um casal extremamente especial, que sei que vocês se apegaram demais. Então, venho através deste recadinho dizer que vocês os verão, sim, nos próximos livros da série, não se preocupem. Obrigada por se apaixonarem por esse romance devastadoramente intenso e igualmente maravilhoso!

Nos vemos no livro 3.5 do Yan e da Lua.

Mil beijos,

Aline Sant'Ana

Aline Sant'Ana

Editora Charme

Entre em nosso site e viaje no nosso mundo literário.
Lá você vai encontrar todos os nossos
títulos, autores, lançamentos e novidades.
Acesse www.editoracharme.com.br

Você pode adquirir os nossos livros na loja virtual:
loja.editoracharme.com.br

Além do site, você pode nos encontrar em nossas redes sociais.

 https://www.facebook.com/editoracharme

 https://twitter.com/editoracharme

 http://instagram.com/editoracharme